grafit

Die Informationen zu den Geschichten entstammen verschiedenen Quellen, u. a. dem Handelsblatt, Wikipedia, der Süddeutschen, dem DB-Konzern, HVV, Allianz pro Schiene, dem Tagesanzeiger (CH) und StepStone.

© 2013 by GRAFIT Verlag GmbH
Chemnitzer Str. 31, 44139 Dortmund
und bei den Autorinnen und Autoren
Internet: http://www.grafit.de
E-Mail: info@grafit.de
Alle Rechte vorbehalten.
Umschlaggestaltung: Johannes Sich, www.jojosich.de
Druck und Bindearbeiten: CPI – Clausen & Bosse, Leck
ISBN 978-3-89425-415-5
1. 2. 3. 4. 5. / 2015 2014 2013

Zügig ins Jenseits

Mörderische Geschichten
für Bahnfahrer

grafit

Kreuz und quer durchs Streckennetz

Nina George

16:52 Uhr ab St. Pauli

Wolf

16:52 Uhr, Haltestelle St. Pauli

Das Leben war also vorbei.

Tom Wolf sah aus dem Fenster, als die U3 in die Röhre hineinschoss. Wie eine Schlange, die sich in ihr Nest ringelt, dachte er.

Wie eine Kugel, die durch einen Lauf schießt. Wie ...

Er saß in der Hamburger ›gelben Linie‹, U3, zweiter Wagen, Mittelgang. Kurz vor 17:00 Uhr. Feierabend, Pendlerverkehr; auf Pauli machte sich der Kiez bereit. Für die Nachtschwärmer, für die Nutten, für die Rastlosen. Der Winter kam nass und grau.

Wolfs Gedanken kehrten zu der Abschiedszeremonie zurück. Vierzig Jahre gemeinsames Leben. Die meisten hatten ihn nicht gemocht.

Die Tanzmädchen, die Barschlampen, die Bühnenvögel hatten dramatisch getan: »Och, Wulfilein, wer soll an der Tür stehen, wenn nicht du?«, die Barkeeper, die Securityschränke, jovial. »Na, Wolf, jetzt erst mal schön Ferien, wirst sehen, hast bald Rentnerstress vom Daueramüsieren.«

Aber keinen hatte es wirklich gejuckt, dass er als Portier, als Koberer des Nachtklubs *Bel Ami* aufhörte. Aufhören musste.

Sie hatten seinen Ausstands-*Helbing* weggetrunken, der Chef, dieser Bube, hatte ihm die Schultern getätschelt. Wolfs Nachfolger stand schon an der Tür und quatschte Leute rein. Der würde sich nie hinsetzen müssen, so wie der aussah.

Jung. Beine gleich lang. Einen Herzschlag wie ein Duracell-hase. Wie ein Rennpferd. Wie …

Wolfs Augen scannten das Abteil. Wollten sich festhalten, an einem Lächeln, einem ermunternden Blick. An irgendetwas.

Doch die Einzige, die ihn musterte, war eine alte Frau, die sich krampfhaft im Gang an eine der Haltestangen klammerte.

Annalisa

16:53 Uhr, Haltestelle Feldstraße

Die Welt wird leiser, wenn man alt wird. Einige behaupten, man will sie nicht mehr hören, aber Annalisa wusste es besser.

Die Welt verlor ihre Farben und ihren Ton. So wie jetzt, wo die *Jingle Bells* und all die seligen Kinderchöre vom Winterdom bruchstückhaft zu ihr durchdrangen, als sich die Türen an der Feldstraße, direkt unterm Heiliggeistfeld, zischend öffneten.

Was sie aber klar hörte und deutlich sah, war dieser Junge, der Kaugummi kaute und mit seinem Handy spielte. Er lehnte im Eingang, war auf St. Pauli zugestiegen, und man wusste ja, was da alles so unterwegs war!

Annalisa dimmte die Obertöne in ihrem Hörgerät und

griff fester nach ihrer Handtasche. Sie war unterwegs zur Sparkasse, um die laufenden Kosten einzuzahlen. In bar. Mit gutem, ehrlichem Geld. Es war ihr Ritual, vorher mit der U3 bis zum Rathaus zu fahren, um unter den Arkaden Kuchen zu essen. Jetzt, zur Vorweihnachtszeit, gab es Christstollen und Zimtkakao mit ordentlich Amaretto, aber dem echten. An den Weihnachtsmarktständen drückten sich die Angestellten herum, unten kalte Füße, oben heiße Weinfahne. In den U-Bahnen und Bussen roch es nach rotem Fusel mit Nelke.

Eigentlich mochte Annalisa die U3, die schönste Linie Hamburgs. Entlang am Hafen, der Elbe, den Schiffen, diesem Licht über dem Wasser. Hamburger wurden komisch, wenn sie ihren Hafen nicht ein Mal pro Woche zu sehen bekamen.

Das sagte Matto ja auch immer.

Annalisa hatte sich am Morgen mit ihrem Mann besprochen – nun ja, mit seinem Bild. Matto hatte sie alles gelehrt, was sie vom Leben wissen musste. Aber Matto war tot und Annalisa einundachtzig, und allein.

Sie beobachtete durch ihre dicken Brillengläser den Jungen mit dem Streichelhandy. Harmlos sah er aus, blond und blauäugig, er machte ganz auf lieber Junge.

Sie ließ ihren Blick durchs Abteil schweifen. Da vorn, da saß einer, der auch an der Station auf Pauli hereingekommen war. Sah aus wie ein Zuhälter in seinem Anzug. Und unglücklich. Er hatte ein ehrliches Hans-Albers-Gesicht.

Sie lächelte ihm schüchtern zu.

Wieder beobachtete sie dann den Jungen bei den Türen. Tastete nach ihrer Handtasche. Hielt sie fester.

»Pardon«, murmelte er rasch, als sich all die Pendler an ihm vorbeidrückten. Die Familien mit den Kindern, die alle zur Kirmes wollten, eingepackt in Steppjacken. Doch wie er es auch tat, er stand im Weg.

Annalisa sah kaum seine Hände.

Wo hatte er denn bloß seine Hände in dem ganzen Menschenstrom, der sich da an ihm vorbei hinausdrückte?

Die Jugend, dachte Annalisa mit schwerem Herzen, die Jugend. Einfach nicht mehr das, was sie mal war.

Sollte sie warten, bis er ausstieg?

Sie beschloss, an ihm vorbeizuhinken, sobald die Bahn halten würde. Ihre kaputte Hüfte schmerzte im Winter.

Würde sie schnell genug sein? Schneller als seine Hände?

Bachmann

16:56 Uhr, Haltestelle Sternschanze

Bachmann tippte eine SMS an Sarah. Dass es später würde. Dass es ihm leid tat.

Er bekam keine Antwort.

Natürlich nicht.

Er sah auf. Die Alte da drüben, deren Hände sich um ihre Tasche krampften – die erinnerte ihn an seine Omi. Seine liebe, kleine Omi, die ihm zugeraten hatte, zur Polizei zu gehen. Zugeraten hatte, Sarah zu heiraten. Zugeraten hatte, dem Leben zu vertrauen.

Sie fehlte ihm. Vor allem an Tagen wie heute.

An der Sternschanze waren die Webdesigner und Bioköche zugestiegen. Bachmann gegenüber ein Paar, das sich so hingebungsvoll mit den Lippen absuchte, als sei es ganz im Geschmack des anderen versunken.

So fing es an, irgendwann flogen die Kochwürste, dachte er.

Und Bachmann dachte an Rosa. Sie hatte mit Besteck nach ihrem Mann geworfen, dann mit Tellern, mit Grünkohl, Kasseler und Kochwurst.

Sie hatten sie vorhin gewähren lassen müssen. Hatte Flimt gemeint. Mitch hatte auf Birnen, Bohnen und Speck getippt.

Ein Ratespiel hatten Bachmanns Kollegen aus den Wutlauten gemacht, als ob sie einem Gewinnhörspiel im 90.3-Radio lauschten. Die Augen geschlossen, die Hände fest auf die Kopfhörer gepresst, so horchten sie in die Wohnung gegenüber, wie Rosa tobte, und rieten Geräusche.

»Szenen einer Ehe«, hatte Mitch gemurmelt, Flimt hatte gelacht, er war geschieden.

Kein Beruf war so beziehungsvernichtend wie Polizeiarbeit. Männer, die das Leben anderer kontrollierten, ohne ein eigenes zu haben. Wie sagte man zu dieser Sorte Einsamkeit? Der LKA-Ermittler Bachmann war zu müde, um sich zu erinnern.

Sie hockten seit Wochen in der engen Parterrewohnung in der Hein-Hoyer-Straße auf dem Kiez, um den Mann gegenüber auf frischer Tat zu ertappen. »Zugriff«, das war alles, was Bachmann zu sagen wünschte. Sonst nichts.

Dann war die Ablösung gekommen, er hatte die U3 noch geschafft, proppevoll um die Zeit. Rechts stehen, links gehen auf den Rolltreppen, ohne Gnade. Viele drückten sich mit ihren Rucksäcken den Weg frei. Müde Gesichter, viele quasselten.

Nachmittags redeten die Leute mehr als morgens, fiel Bachmann auf. Die Jungs spielten auf ihren Smartphones.

Kriegen alle vorzeitige Bandscheibenvorfälle im Nacken, dachte er, als er beiläufig den blonden Typ im Mittelgang beobachtete.

Der Schnee schmolz an den Scheiben der U-Bahn.

Bachmann dachte an zu Hause. An Sarah. Seine Frau.

Sie ließ ihn auffällig in Ruhe, seit wann eigentlich?

Sie schliefen Rücken an Rücken, der Raum dazwischen war zur Grenze geworden. Todeszone, dachte Bachmann, manchmal legte er eine Hand in die Grenze hinein, streichelte die leere Luft.

Sie hatten auch die Telefone bei Rosa abgehört. Wie der Mann ihr sagte, es dauerte noch. Termine. Stress. Unvorhergesehene Probleme. Bachmann hatte gehört, wie der Mann grußlos auflegte und Rosa nicht, wie ihr Schweigen das Telefon füllte.

Bachmann hatte ihr zugehört, wenn sie allein war. Er hatte sie kochen hören. Den Tisch abräumen, wenn ihr Mann wieder vergessen hatte, überhaupt nach Hause zu kommen. Dann hatte sie alles eingetuppert, sorgfältig die Luft aus den Boxen gelassen. Danach hatte sie geweint, unter der Dusche, als ob es dort niemand mitbekommen würde, niemand ihr Unglück hörte.

Die Mikros waren in der Fönsteckdose verborgen.

Bachmann schaute durch das Abteil.

Niemand sah den Normalgesichtern an, was für ein Zwischenreich hinter der Fassade versteckt war. Keinem war anzusehen, ob er unglücklich war, ob er in Gedanken den Ehepartner in feine Gulaschstreifen schnitt.

Nur der da, da drüben, neben dem Kiezluden mit dem Hans-Albers-Gesicht und der blonden Frau mit dem nassen Pelzkragen. Der sah irgendwie – ja, glücklich aus.

Schmidt

16:57 Uhr, Haltestelle Schlump

Im Klassenzimmer riecht es nach Testosteron und Lipgloss mit Aprikosengeschmack. Ich sehe Jonas, er drückt an seinen Pickeln herum.

Emma hat sich zurechtgemacht, weiße Jeans und rostrotes Top, ich weiß, dass sie mich widerlich findet, alle finden es, sie hassen mich. Nur nicht Glenda-Estelle. Aus der Rückseite ihrer Jeans lugt ihr Höschen, es ist auch aprikosenfarben, und als sie den Kopf zu mir dreht, hält sie noch Leons Gesicht in den Händen, er hat ihr Aprikosengloss auf den Lippen. Der siebzehnjährige Scheißer, kriegt keinen Satz ohne Rechtschreibfehler auf die Latte, aber besteigt meine Geliebte. Jetzt weiß ich es, aber es ist okay, es macht alles leichter.

Die Pistole ist unten in der Tasche. Geladen und entsichert.

Ich stelle meine Tasche auf den Tisch, sie ignorieren mich, reden und beackern ihre Multiphones, nur Glenda-Estelle, die rutscht vom Tisch und zwinkert mir zu, ein bisschen schuldbewusst, ein bisschen geil. Ich lächele sie beruhigend an, gehe zur Tür und schließe ab; dann ziehe ich die Pistole aus der Tasche und hole mir Leon, ich zerre ihn an seinem Kragen hoch und presse ihm den Lauf an die Schläfe. Die anderen schreien, ich brülle »Ruhe!«, Estelle wird ganz blass, meine schöne, weiße Perle. »Heute hören wir den Zauberlehrling«, sage ich, »von Leon.«

Leons Hose wird dunkel im Schritt. Ich nehme die Pistole von Leons dummem, leerem Kopf und ziele auf seinen Schritt, und da fängt der Rotzlümmel endlich an: »Hat der alte He-he-hexenmeister ...«, seine Stimme klingt knabenhell. Ich zwinkere meiner Geliebten zu, sie übergibt sich. »... nun erfülle meinen Willen ...«

Jetzt weint Leon und Pickeljonas dreht einen Handyfilm, aber das macht nichts, das macht gar nichts. Als Leon stockt, ziehe ich den Zeigefinger durch und ...

Annalisa

16:59 Uhr, Haltestelle Hoheluftbrücke

Sie hatte extra aufgepasst. Aber dennoch – da passierte es: Sie ließ die Stange zu früh los, wurde von dem Drall der Bremse ins Straucheln gebracht und prallte in den Jungen hinein!

»Pardon«, murmelte sie beschämt, ließ es zu, dass er sie stützte und zwang sich zu einem dankbaren Lächeln.

So wie es ihr Matto beigebracht hatte.

Dann stand sie auf dem Bahnsteig in den wirbelnden Schneeflocken, hinter ihr schlossen sich die Türen.

Ach, Matto, dachte sie und tastete nach den Geldbörsen, die sie dem fleißigen Taschendieb abgenommen hatte, als er sie so nett gestützt hatte. Gutes, ehrliches Geld. Der kleine Dieb hatte es nicht mal gemerkt.

Ach, Matto, dachte Annalisa erneut, die Jugend ist wirklich nicht mehr das, was sie mal war.

Vorsichtig taperte sie in Richtung Rolltreppe. Die Sparkasse an der Hoheluftchaussee hatte heute länger auf, für die Bareinzahler.

Wolf

Die kleine Omi. Hatte ihm noch einmal zugelächelt.

Er betrachtete sein Spiegelbild und fragte sich, wie sein Gesicht schmelzen würde, wenn er im Keller Feuer legen würde und sich selbst aufs Bett, um abzuwarten.

Wie brennendes Wachspapier. Wie ein Fußball, aus dem die Luft entweicht. Wie …

Die U-Bahn war summend angefahren, strebte nun auf den hochbeinigen Stahlbögen über die Isestraße hinweg.

Jedes Fenster der Häuser zur Kanalseite zeigte ein anderes Leben. Wolf sah eine Frau lesen, einen Mann ein unsichtbares Orchester dirigieren, und manche Balkone waren weihnachtlich dekoriert, als ob ihre Bewohner sie für die Vorbeifahrenden ausstellten.

Im zehnten Haus sah Wolf, wie ein Mann eine Frau ohrfeigte. Ihre dunklen Haare flogen um ihren Kopf, sie stolperte gegen einen Tisch. Wolf stand halb von seinem Sitz auf, presste die Hände ans Fensterglas. Der Mann begann, die Frau zu würgen.

Wolf sah die Blonde mit dem Pelzkragen an, die ihm gegenübersaß. Sie telefonierte und erzählte was von »Recht auf Liebe«, es hörte sich an wie »Recht auf soziale Bezüge«. Sie hatte nichts gesehen. Er schaute zu seinem Sitznachbarn, der vor sich hin träumte.

Wolf lehnte sich zurück. Gleich hielt die U3 am Eppendorfer Baum. Er könnte aussteigen und zu dem Haus gehen. Oder die nächste Bahn in die Gegenrichtung nehmen.

Er könnte auch nach Hause fahren und sich umbringen.

Ständig wurde irgendwo gestorben. Musste er sich darum kümmern?

Die Bahn hielt. Türen öffneten sich. Menschen kamen und verschwanden.

Schmidt

17:00 Uhr, Haltestelle Eppendorfer Baum

… ziehe ich den Zeigefinger noch mal durch, und …

»Schmidtchen, bist du noch ansprechbar?«

Die Stimme der Kollegin – Erdkunde, achte Klasse, blond, nicht mein Typ – weckte mich aus meinem Tagtraum. Sie hält ihr Handy in der Hand, in das sie die ganze Zeit reingelabert hat.

»Tschüss, ich muss raus! Wünsch dir einen schönen ersten Advent!«

Küsschen, ihr falscher Fellkragen riecht nach nassem Hund.

Miststück. Hat mich bei meinen allerschönsten Träumen gestört.

Und was glotzt dieser Lude mit dem karierten Anzug mich an?

15

Wolf

Als der Signalton das Schließen der Türen angekündigt hatte, war Wolf aus dem Sitz hochgeruckt, den Gang hinuntergehinkt, hatte mit beiden Händen die Türen auseinandergeschoben, sich durch den Spalt gezwängt und stand nun auf dem zugigen Bahnsteig am Eppendorfer Baum.

Die U-Bahn-Rücklichter verschwanden in einer schwingenden Rechtskurve, Wolfs Herz pumpte und stolperte, in seiner Hüfte und seinem Knie explodierte greller Schmerz.

Wie Kristallsplitter, wie ...

Die Frau!

Vielleicht war es ein Spiel. Schlag mich, würg mich, liebe mich. Gab es alles, das hatten ihn vierzig Jahre St. Pauli gelehrt.

Und was, wenn nicht?

Vielleicht war es ein Filmdreh. Szene sieben, Mord.

Und was, wenn nicht?

Er musste sich nicht darum kümmern. Um ihn kümmerte sich ja auch keiner.

Wolf schlug die Hände vor sein Gesicht, es zerschmolz in Tränen, die er nicht erwartet hatte.

Dann hinkte er den Bahnsteig entlang, die glitschige Treppe hinab.

Er musste wissen, was mit der Frau geschehen war, oder jetzt gerade geschah ... er konnte nicht ... er musste ...

Bachmann

17:02 Uhr, Haltestelle Kellinghusenstraße

Wie oft hatte Sarah die Luft aus Tupperdosen gedrückt? Er hatte immer gegessen, wenn Sarah schon schlief.

Drüben hatte Rosa heute Nachmittag dann ihren Mann beschimpft. Und mit Sachen geworfen, dem Kohl, den Würsten.

Endlich, dachte Bachmann, endlich begehrt sie auf, lässt es sich nicht mehr bieten. Diese Sorglosigkeit, mit der ihr Mann sie vernachlässigte. Nein, den würde Rosa nicht mehr verteidigen gegenüber ihren Freundinnen, von denen längst keine mehr zu Besuch kam, weil Rosas Mann das nicht mochte. Eine Zeit lang hatte Rosa Ausflüchte gefunden. Um sich besser zu fühlen und weniger wertlos?

Bachmann erinnerte sich, wie diese Rosa mit dem Fernseher sprach, wenn sie allein war.

Das tat Sarah nur, wenn er dabei war. Wenn sie *Tatort* sahen, dann antwortete sie auf Fragen, die die Drehbuchautoren die Protagonisten stellen ließen. So etwas wie: »Denkst du, er war es?« Und Sarah antwortete für sie: »Natürlich war er es nicht, du Penner!«

Sie begann, den Wein schneller zu trinken und schneller zu schimpfen, und Bachmann wusste, sie meinte nicht Ulrike Folkerts oder Mehmet Kurtuluş oder Dietmar Bär.

Sie meinte ihn. Ihren Mann.

Als er die Menschenmengen beobachtete, die auf dem Wechselbahnsteig von U1 und U3 hastig umstiegen, vibrierte sein Mobiltelefon. Eine SMS. Von Flimt, seinem Kollegen.

Zu guter Letzt hatte Rosa den Kristallaschenbecher geworfen. Hatte ihren Mann verfehlt. Er war gefallen und hatte sich das Genick gebrochen. Ein Unfall.

Der Fall war beendet, aber nicht gelöst. Und es war Grünkohl gewesen, Flimt hatte gewonnen und Mitch lud sie alle auf ein Bier im *Frau Möller* auf der Langen Reihe ein.

Bachmann sagte ab.

Wolf

Als er an dem Haus in der Isestraße angekommen war, trat die Frau mit den dunklen Haaren aus der Tür. Sie trug eine Sonnenbrille.

»Schön, dass es Ihnen gut geht«, murmelte Wolf.

Die Frau tat so, als ob sie ihn nicht bemerkte.

Bachmann

17:03 Uhr, Haltestelle Sierichstraße

Der LKA-Ermittler ging nach Hause, schloss die Haustür auf. Im Treppenhaus parkte ein gelbes Dreirad von der Familie nebenan.

Bachmann blieb vor seiner eigenen Wohnungstür stehen, bis das Licht erloschen war.

Im Dunkeln legte er sein Ohr an das Holz. Von drinnen hörte er Sarah mit dem Fernseher sprechen.

Wolf

Wolf fährt U3. Den ganzen Tag. Rund und rund und rund.

Er sieht immer aus dem Fenster. Er wird sich kümmern, wenn sich niemand kümmert. Er sieht, was andere übersehen.

Wie ein Engel. Wie ein Wächter.

Wie …

Das Leben geht weiter.

Der Episodenkrimi *16:52 Uhr ab St. Pauli* ist eine Zusammenstellung dreier für diese Anthologie überarbeiteter Beiträge, die einmalig in der Hochbahnkundenzeitschrift *mobil* erschienen sind.

... Bahnfahren 55-mal sicherer ist als Autofahren?

ICE Berlin – Hamburg

Ralph Gerstenberg

Das Ticket des Toten

Geschafft! Den Stoff im Gepäckfach verstaut, die Beine ausgestreckt – nun ja, so weit es eben ging. Der vertraute, verhasste Geruch: ein Plastik-Kunstfaser-Schweiß-Bier-Eibrot-Kaffee-Putzmittel-Gemisch. ICE-Odeur. Ich saß im Großraumabteil des Zuges, der mich von hier fortbringen sollte. In drei Minuten. Um 16:16 Uhr. Berlin – Hamburg. Abfahrt: Gleis 8.

Ich spürte, wie müde ich war, wie wach ich gewesen bin. Eine Stunde und vierzig Minuten hatte ich nun Zeit. Ich könnte schlafen, endlich schlafen, während der Zug durch trostlose Landschaften raste, Landschaften, die einmal blühen sollten.

Aber das war lange her. Es hatte nichts mit der Wirklichkeit zu tun, nichts mit dem, was man durch Zugfenster sah – und schon gar nichts mit mir.

Abfahrt im Untergrund, ich durchquerte einen Tunnel – dem Licht entgegen, ja, dem Licht.

Es werde Licht, dachte ich. Und: Mehr Licht! Was man so denkt, wenn es einen denkt. Wenn man zu viel von dem

Stoff genascht hatte, der einen wach hält, dem Stoff in der Tasche über mir in der Gepäckablage.

Der Mann neben mir schlief – so tief, wie ein Mann nur schlafen konnte. Wie schön, wie friedlich musste es sein, sich in einen Zug zu setzen, die Augen zu schließen und nichts mitzubekommen. Nichts von dem hektischen Geschiebe, dem Smartphonegestocher, den beschwipsten Tippsen, dem nicht enden wollenden Kindergeschrei, den Ich-bin-jetzt-im-Zug-und-komme-vermutlich-pünktlich-Mitteilungen, dem Reisegruppengekicher, dem Teenagergetatsche, dem Koffergewuchte, den Begrüßungen durch das Bordpersonal und den mit Sicherheit auftauchenden Platzkarteninhabern, die Lässigreisende nach Anrollen des Zuges aus ihren Sitzen jagten.

Diesmal waren sie zu fünft und kannten kein Pardon. Es müsse sein, täte ihnen leid, sie seien auf *einem* Ticket unterwegs, als Gruppe sozusagen, deshalb … Nach einigem Geschiebe und Gedränge, begleitet von zahlreichen Entschuldigungen, verteilten sich die Aufgescheuchten im mäßig gefüllten Waggon.

Die Häuser, die an mir vorbeiflogen, wurden kleiner. Die Stadt war bald nur noch Speckgürtel, um dann – fast übergangslos – in eine von Hochspannungsleitungen durchschnittene Feld-, Wald- und Wiesenfläche überzugehen, in der mal ein Kaff, mal ein Tümpel einen schwachen Akzent setzte.

Zugfahrten hatten mich schon immer deprimiert. Aus dieser Perspektive wirkte die Welt trist wie ein regenverhangener Nachmittag in der Psychiatrie. Selbst die 168 Sachen, die das ICE-Display anzeigte, reichten nicht, um das dumpfe Dasein der brandenburgischen Provinz zu übersehen: sperrholzvernagelte Bahnhofsgebäude, vergilbte Plakate von der letzten Landtagswahl, die ewig gleichen Discounter.

Lustlos blätterte ich im *SPIEGEL,* den ich mir vor der Fahrt gekauft hatte, bis die Bilder und Buchstaben vor meinen Augen verschwammen. Endlich spürte ich, wie mein Körper sich lockerte und löste, wie etwas von mir abfiel, wie nichts mehr, nicht mal der Stoff, meinen Geist beherrschte, der sich treiben ließ, einfach treiben.

Ich hörte deine Stimme, wie sie den alten Witz wiederholte: Hoffnung ist was für Idioten, kommt gleich hinter Zuversicht. Was haben wir gelacht. Über uns, über Gott, über Helge Schneider, den du so gut nachmachen konntest. Besonders wenn wir genascht hatten. Was haben wir gehofft. Was haben wir genascht. Wach, immer wach.

Doch ich hatte es geschafft. All der Pisskram, der mich fast umgebracht hätte, lag nun hinter mir. Davongekommen, ja, so könnte man es nennen: Ich war noch mal mit dem Leben davongekommen und raste mit nunmehr 177 Sachen einem neuen Leben entgegen. Der Flug war gebucht, der Pass in meiner Tasche mehr als passabel, der letzte Deal reine Formsache.

Nur diese kalte Hand war irritierend. Die kalte Hand, die von der Armlehne auf meinen linken Oberschenkel gerutscht war. Der Versuch, sie wegzuschieben, endete damit, dass der Oberköper meines Nebenmannes zur Seite kippte, bis der Widerstand der schlecht geputzten Fensterscheibe an der rechten Gesichtshälfte den Rutschprozess aufhielt. Bei der nächsten Kurve, so viel war sicher, würde der Typ in sich zusammensacken und vom Sitz fallen.

Man brauchte dem Tod nicht so oft in die Augen geschaut zu haben wie ich in den letzten achtundvierzig Stunden, um zu wissen, dass der Mann seine letzte Reise angetreten hatte.

Kein Blut, nichts. Hatte sich einfach ein Ticket gekauft, in den Zug gesetzt und die Augen für immer geschlossen. Ein Tod in der 2. Klasse. Kein erstklassiger Abgang also, ich kannte jedoch eine Menge weniger komfortable Arten, ein für alle Mal auszusteigen. Außerdem ersparte einem dieses Ende den Blick auf die Ödnis hinter der verschmierten Scheibe.

Keiner der Zuginsassen in Sichtweite hatte etwas bemerkt. Die zusammengewürfelte Ticketreisegruppe schräg gegenüber war mit sich selbst beschäftigt. Der Sitz auf der anderen Seite des Durchgangs war frei. Auf dem Fensterplatz daneben schlief ein älterer Asiat. Vielleicht war er tot.

Ich brauchte Zeit. Zeit zum Nachdenken. Zum Beispiel darüber, wie man unbemerkt aus einem Zug verschwand, der mit 146 Sachen ohne Halt durch eine Selbstmörderlandschaft raste. Ich schaute zu meinem Koffer. Ich war wach, so wach.

Es ist schon ein merkwürdiges Phänomen, dass Menschen nach ihrem Dahinscheiden so viel schwerer zu sein scheinen als zu Lebzeiten. Als bestünde die Seele aus Helium und ließe den Körper wie einen Ballon in die Höhe steigen. Nach ihrem Entschweben blieben die leiblichen Überreste wie abgeworfene Sandsäcke in der Landschaft zurück. Und man hatte seine liebe Not damit, sie zum Platz ihrer letzten Bestimmung zu wuchten.

Der Tote neben mir bildete da keine Ausnahme. Sein Arm ließ sich nur gegen erheblichen Widerstand zurück in den Nachbarsitz bewegen. Immer wieder, als folgte sie einem eigenen Willen, fiel die kalte Hand in meinen Schoß. Der hingegen völlig willenlos wirkende Gesamtkörper neigte dazu, den Gesetzen der Schwerkraft zu folgen und zu Boden zu gleiten. Ihn daran zu hindern, war eine schweißtreibende, nervenaufreibende und kräftezehrende Angelegenheit. Keine Ahnung wie, aber es gelang mir, den toten Mann in eine Lage zu bringen, die einigermaßen stabil wirkte und als Schlafposition durchgehen konnte.

Du, meine Liebe, wusstest, dass ich die Katastrophen anzog wie Fanta die Wespen. Ich hab dich gewarnt. Aber du hast nur gelacht. Wie immer gelacht. Du hattest ja auch gut Lachen. Immer gehabt. Dir was von Katastrophen erzählen! Genauso gut hätte ich dem Papst was von der Kirche erzählen können. Oder Alex, dem Arsch, was von der Scheiße, in der ich jetzt steckte.

Wie durch ein Wunder hatte bislang niemand etwas bemerkt. Ich würde bis nach Hamburg fahren, dort den Stoff abliefern, das Geld kassieren und dann – Adiós!

Doch der Tod fuhr mit. Noch sechsundsechzig Minuten.

Die Ticketgemeinschaft schien sich nicht besonders gut zu verstehen. Offenbar stritt sie sich um den Preis der Mitfahrgelegenheit. Der Karteninhaber bestand auf zwanzig Euro, während einer der Mitfahrenden entgegen der Abmachung nur die Hälfte zu zahlen bereit war. Die einzige Frau in der Gruppe, eine für diese Art des Reisens etwas zu glamourös gekleidete blasse Blondine, kramte nach ihrem iPhone, das sie zuerst verloren zu haben schien, dann aber aus den Tiefen ihrer Handtasche hervorzauberte. Während sie Mails checkte, fragte sie den Gruppenleiter, ob er auch eine VISA-Karte akzeptieren würde.

Ein unauffälliger, studentisch aussehender Typ erklärte daraufhin, dass er bislang auch von einer etwas niedriger dotierten Fahrt ausgegangen wäre.

»Wollt ihr mich alle verarschen?«, schrie der Initiator der aufmüpfigen Zweckgemeinschaft. »Kohle her, sonst kenne ich niemanden von euch!«

»Jetzt ist er beleidigt.« Vierfaches Reisegruppengekicher.

Trotz der Geräuschkulisse hielt der Asiat seine Augen geschlossen. Ganz im Gegensatz zu meinem Sitznachbarn rechterseits, dessen linkes Auge mir plötzlich entgegenstarrte. Scheiße, was für ein Schreck! Sicher waren die Lider durch eine Erschütterung des Zuges hochgerutscht. Der tote Blick – Horror!

Wir rasten durch den Bahnhof von Wittenberge. Die Uhr eines Turmes, der antagonistisch aus der totalen Trostlosigkeit ragte, hatte soeben angezeigt, dass ich noch eine knappe Stunde überstehen musste. Siebenundfünfzig Minuten durchhalten, wach sein.

Bei dir, meine Süße, war es ganz einfach gewesen, deine schönen Augen für immer zu schließen.

Die Lider des Mannes ließen sich nicht so leicht nach unten streichen. Wie hartnäckig klemmende Jalousien blieben sie einen Spalt breit offen. Es war nicht schwer, sich vorzustellen, was passieren würde, wenn die iPhone-Blondine schräg gegenüber mitbekäme, dass der Typ, der sie anstarrte, mausetot war.

I ♥ Berlin, stand auf der Schirmmütze, die neben dem schlafenden Asiaten auf dem Sitz lag. Ein Griff – und ich hatte sie dem Toten übergestülpt. So wirkte er wie ein selig schlummernder Berlintourist auf der Fahrt zurück in die Heimat. Zufrieden betrachtete ich mein Arrangement.

Und dann: die Stimme der Schaffners. Gefährlich nah.

Man muss immer alles im Blick haben, hast du gesagt. Und als ich dich fragte, was: das große Ganze! Damals wusste ich nicht, was du damit meintest. Später ist es mir klar geworden – zu spät. Sex ist Sex und Stoff ist Stoff. Und Alex war der Mann mit dem Stoff. Logisch, man muss in großen Zusammenhängen denken. Liebe ist was für Idioten, hast du immer gesagt: Popcornkino!

Den Schaffner hatte ich bislang noch gar nicht auf dem Schirm gehabt. Nun stellte sich urplötzlich die drängende Frage: Wie kam der Mann an die Fahrkarte des Toten, ohne zu bemerken, dass dieser tot war? Zweifellos hätte die Entdeckung des Verstorbenen die Polizei auf den Plan gerufen –

und dann, nach Ankunft des Zuges, das ganze Programm: Zeugenbefragung, Untersuchung der Todesursache, Feststellung der Personalien der Mitreisenden.

Meine Papiere waren gut, aber sie waren dazu gedacht, durch Flughafenkontrollen und über Ländergrenzen zu kommen, nicht, einer polizeilichen Personenkontrolle standzuhalten.

Mein erster Impuls war, aufzustehen und zu verschwinden. Erst mal zum WC. Der Speisewagen befand sich im Rücken des Schaffners.

Nachdenken, hast du gesagt, lieber noch einmal nachdenken. Wie clever du immer warst, so clever.

In einer Minute wäre der Tote in aller Munde gewesen, Fragen hätten im Raum gestanden: Wo war eigentlich der Sitznachbar abgeblieben? Dieser ominöse Sitznachbar, der vielleicht oder mit an Sicherheit grenzender Wahrscheinlichkeit etwas mit dem Tod des Mannes zu tun hatte? Und: Wer hat dem Toten die ›I ♥ Berlin‹-Mütze des Asiaten ins Gesicht gezogen?

Gott sei Dank wurde der Schaffner von der Ticketgruppe aufgehalten. So blieb mir Zeit nachzudenken, meine clevere Liebe, einmal mehr nachzudenken.

»Wer gehört diesmal alles zu Ihnen? Würden Sie sich bitte entscheiden?« Der Schaffner, ein eigentlich recht geduldig wirkender Mann, begann zu drängeln.

»Das ist eine Frage der Zahlungsmoral«, gab der Ticketinhaber zu verstehen.

»Sie wissen, dass die Mitnahme von Personen gegen Zahlung eines Entgelts nicht gestattet ist?«

»Würde ich nie tun, aber wenn einem jemand Geld schuldet und nicht zu zahlen bereit ist, weiß man nicht mehr so genau, ob man ihn noch kennen möchte.«

»Hier, du verdammter Ausbeuter!« Die blonde Frau

knallte zwanzig Euro auf den Tisch. Die anderen Mitfahrer rückten schweigend das Geld in verabredeter Höhe heraus.

»Darf ich Ihnen vorstellen: meine bezaubernde Reisegefährtin und meine drei besten Freunde!«, präsentierte der Karteninhaber nun seine zusammengewürfelte Truppe.

»Bagage!«, zischte der Schaffner.

»Aber Herr Reisebegleiter, sagt man so etwas zu seinem besten Kunden?«

»Ist doch wahr«, schimpfte der Schaffner, während er meine Fahrkarte kontrollierte. »Kauft sich 'ne Monatskarte und macht damit mehr Kohle als unsereins mit ehrlicher Arbeit.«

Mein Schweigen deutete er als Bitte um Erklärung.

»Schlepper, Schmarotzer … werden immer mehr. Mit so 'ner Monatskarte darf man samstags bis zu vier Leutchen kostenlos mitnehmen. Und so pendeln sie dann Samstag für Samstag zwischen Berlin und Hamburg hin und her, diese Parasiten. Immer vier Mitfahrer im Schlepptau, die sich vorher im Internet gemeldet haben. Da gibt es mittlerweile einen richtigen Markt. Klar, lohnt sich ja. Müssen Sie mal ausrechnen: Acht Fahrten schafft man auf dieser Strecke locker an einem Tag.«

Ohne hinzusehen, knipste er meinen Fahrschein. »Zwanzig Euro pro Nase macht achtzig Euro pro Fahrt. Das Ganze mal acht. Da sind Sie schon bei sechshundertvierzig Euro. So viel kostet in etwa die Monatskarte. Die nächsten drei Samstage wird nur noch Gewinn gemacht. Oder haben Sie schon mal von einem Schlepper gehört, der Steuern zahlt? Cirka zweitausend Euro ergaunert sich so ein Samstagspendler in einem Monat. Und ich gehe hier Tag für Tag meine acht Stunden knipsen. Idiotisch – oder?«

Sein Blick wanderte vom schlafend aussehenden Toten neben mir zum tot aussehenden schlafenden Asiaten auf der

anderen Seite, um wieder zu meinem Nebenmann zurückzukehren.

»Gehören Sie zusammen?«

»Bitte?«

»Ich dachte nur, wegen der Mütze.«

»Was ist mit der Mütze?«

»Es sah so aus, als hätten Sie sie ihm zurechtgerückt.«

»Sie wäre sonst heruntergefallen.«

»Ach so. Na, ich kann die beiden Schläfer ja auch auf dem Rückweg kontrollieren. Kommt eh niemand raus hier, jedenfalls nicht, bevor wir in Hamburg sind.«

Mit diesen Worten, die in meinen Ohren wie eine Drohung klangen, öffnete er die Durchgangstür zum nächsten Wagen.

Und ich saß da und dachte lieber noch mal nach. Dreiundvierzig Minuten galt es zu überstehen.

Wer spricht von Siegen? Überstehn ist alles, hast du gesagt. Immer gesagt. Selbst wenn wir genascht hatten und alles so aussah, als hätte es ein Durchmarsch werden können. Du und ich und keine Handbreit dazwischen. Aber du kanntest dich aus. Mit den Sprüchen, dem Stoff und der Angst. Es gab niemanden, den du nicht verraten hättest für den Inhalt der Tasche da oben im Fach. Und Alex, der Arsch, war der Mann mit dem Stoff.

Die Frage aller Fragen, zumindest der nunmehr nächsten einundvierzig Minuten, war: Wie kam der Schaffner an die Fahrkarte meines toten Nachbarn?

Glück ist Hilfe, hast du gesagt, nicht mehr und nicht weniger. Nur Idioten können darauf hoffen.

Doch manchmal hatte man einfach Glück, nicht das große Glück, klar, aber die Karte war zumindest dort, wo ich sie vermutet hatte: in der linken Innentasche des Jacketts – da, wo auch ich meine Tickets aufzubewahren pflegte. Ein wenig Glück konnte ich jetzt gebrauchen, ein wenig Hilfe. Ich spürte, wie die Anspannung von mir abfiel. Wenigstens ein wenig.

»Hallo?«

Ich war wieder wach, so wach.

»Ich will ja nicht stören, wenn Sie die Schlafenden ausrauben, aber würden Sie mir vielleicht dabei behilflich sein, den hier nach oben zu wuchten?«

Die blasse Blonde stand neben mir, während ich das Ticket des Toten in die Tasche steckte. Sie zeigte auf ihren Rollkoffer. Ihre männlichen Mitfahrer starrten zu uns herüber.

»Idioten!«, sagte die Blonde, die meinen Blick bemerkt hatte. »Wenn man Geld spart, wird's teuer.«

Ein Spruch, der auch von dir stammen könnte, meine Liebe.

Ihr Koffer passte nicht mehr ins Fach. Ich zog die Tasche mit dem Stoff heraus, verstaute sie unter meinem Sitz und schob ihren Trolley in die Ablage.

»Danke!«, sagte sie. »Ist süß von Ihnen.« Dann setzte sie sich auf den Platz neben dem Asiaten, schlug die Beine übereinander und strich mit einer winzigen Bewegung, als wollte sie ihn glätten, über ihren perfekt sitzenden Rock, ohne diesen jedoch zu berühren. Eine Geste, die auch du draufhattest. Ihre hochhackigen Stiefel ragten in den Gang hinein. Eine Cuvée aus ätherischen Ölen überlagerte den Fernzugmief.

Ich spürte wieder diesen im Innern pochenden Schmerz und auch die Schuld. Ja, ich war schuld daran, dass es dich nicht mehr gab, dass nichts von dir übrig geblieben war als dieser erschreckend leblose Körper auf dem Boden und Erinnerungen, die mich niemals zur Ruhe kommen lassen werden.

Die Wochenendticketzweckgemeinschaft widmete sich

wieder ihrem bevorzugten Zeitvertreib, dem gemeinsamen Schweigen. Keine Sache der blassen Blonden.

»Süß unsere beiden Schläfer – oder?«

»Bitte?«

»Was meinen Sie, ist er Japaner oder Chinese?« Sie zeigte auf den Asiaten.

»Koreaner.«

»Ach ja, das kann sein. Ich hatte mal einen koreanischen Leihwagen. Wo war das eigentlich? Ich glaube in Portugal.«

Portugal – unsere einzige gemeinsame Reise: Lissabon. Spontan, wie immer, wenn wir genascht hatten. Schnappschüsse im Kopf: du auf der Festung über der Stadt. Pessoa in Bronze, dem du deinen Schal umgebunden hast. Die leeren Straßen im Februar. Die Pension mit dem zersprungenen Spiegel und dem WC für alle, das Zimmer, das wir bald kaum noch verlassen sollten.

»Und Ihrer?«

»Bitte?«

»Den Schläfer, meine ich.«

»Ist kein Koreaner.«

»Nee, klar, süß!« Ihr Lachen weckte den Asiaten. Die vier Köpfe der Ticketrunde drehten sich wieder in unsere Richtung.

»Ich mein ja nur: Fahren Sie auch auf einem Ticket, Ihr Nachbar und Sie? Gehören Sie irgendwie zusammen?«

»Irgendwie schon.« Was vorher nur Annahme war, war nun Gewissheit: Von jetzt an würde ich mit dem Toten sofort und unmittelbar in Verbindung gebracht werden. Das heißt, ich hatte nur eine Chance. Sobald der Zug hielt, also in dreiundzwanzig Minuten, musste ich sofort raus hier, so schnell wie möglich verschwinden. Aus dem Zug, aus dem Bahnhof, aus der Stadt, aus dem Land. Gut, dass die Tasche jetzt dichter bei mir war. Ein Griff unter den Sitz – und ich war weg. Notfalls gab es noch Plan B. Auch dafür benötigte ich die Tasche.

Der Asiat rieb sich die Augen, kniff sie wieder zusammen, bevor er seine blassblonde Nachbarin musterte, die das Aufwachen ihres Nebenmannes noch gar nicht bemerkt hatte. Sein Blick schweifte weiter, tastete sich voran, Stück für Stück, bis er schließlich fand, wonach er suchte. Die ›I ♥ Berlin‹-Mütze hing etwas schief in der Stirn des Toten, der Schirm verdeckte seine Augen.

Während ich aus den Augenwinkeln das Fragezeichen in dem asiatischen Gesicht Form annehmen sah, kam die blasse Blonde in Fahrt, redete auf mich ein. Ich hörte etwas von Schauspielerin, Casting und Haifischbecken. Von Daily Soaps, in denen sie nicht mehr spielen wollte, der berühmten Besetzungscouch, auf die sie sich nicht legen würde – und noch nie gelegt hatte, wenn sie das mal sagen dürfe –, und von Fahrtkosten, auf denen man natürlich sitzen bleibe. Schließlich fragte sie, ob es nicht an der Zeit wäre, einfach Du zu sagen. Sie jedenfalls heiße Rebekka, Rebekka Storch.

»Künstlername?«, hörte ich mich fragen.

»Nee?« Zum ersten Mal wirkte sie ein wenig verunsichert.

»Martin«, sagte ich, »Martin Spengler.« Der Name, der in meinem Pass stand.

Der Asiat starrte zu seiner ›I ♥ Berlin‹-Mütze. Ich betete, dass sie nicht verrutschen möge.

»Wie süß«, rief Rebekka Storch. »Ich hatte mal einen Martin Spengler in meiner Klasse, der sah dir sogar etwas ähnlich. Schade, dass wir kein Prickelwasser haben. Sonst könnten wir anstoßen.«

Möglicherweise war das der Mann, dem der Pass gehörte, den ich vor wenigen Stunden für tausendfünfhundert Euro gekauft hatte.

Zufall, hast du gesagt, ist nur ein anderes Wort für Schicksal. Wie recht du hattest. Was für ein schicksalhafter Zufall, dass ich auf die idiotische Idee kam, dich zu überraschen, obwohl ich wusste, wie sehr du Überraschungen hasstest, fast so sehr wie Fragen. Aber was machte Alex, der Arsch, in unserem Zimmer? Die Frage stand im Raum, so wie ich und du und Alex uns gegenüberstanden – Alex, für den ich so oft Taschen transportiert hatte, Taschen zum Naschen. Immer volles Risiko für ein paar Nasen voll Stoff – für mich und vor allem für dich. Doch nun hättest du die Nase voll, hast du gesagt, als ich vor euch stand, den Schlüssel noch immer in der Hand, und nicht wusste, wie es jetzt eigentlich weitergehen sollte: »Verschwinde in dein Scheißpopcornkino!«

Erleichtert stellte ich fest, dass der Asiat wohl nicht beabsichtigte, von dem Toten die Herausgabe der ›I ♥ Berlin‹-Mütze zu fordern. Zumindest nicht sofort. Asiatische Höflichkeit? Sprachbarrieren? Egal, ich war froh, dass er sich zurücklehnte und einen *Lonely Planet* aus seinem Rucksack kramte.

Dafür redete Rebekka Storch. Mittlerweile hatte sie sich auch ohne Prosecco in einen Zustand hinein monologisiert, der kaum einer Erwiderung bedurfte. Mir sollte es recht sein. Ich musste durchhalten, noch acht Minuten. Die Häuser da draußen, die von Minute zu Minute größer wurden, die Straßen und Lagerflächen, die Busse und Lkws: Das alles war schon Hamburg!

Überstehn ist alles! Aber wie? Wie machte man das, wenn die Wachheit jäh umschlug in Erschöpfung? Gerne hätte ich auf dem WC ein wenig Stoff aus der Tasche genascht. Aber es ging auch so, musste gehen, zumal der Schaffner wieder auftauchte und sich sofort auf den Asiaten stürzte, dessen Wachsein nun auch von Rebekka Storch registriert wurde.

»Sorry, that I'm sittin' here, it wasn't comfortable at the other place.« Die letzten Worte rief sie in Richtung der Ticketgemeinschaft, um dann gleich mit der Tür ins Haus zu fallen: »Are you Korean?«

Die Blicke des Asiaten rotierten wie Suchscheinwerfer vom Schaffner zu Rebekka Storch, zum Toten mit der ›I ♥ Berlin‹-Mütze, um dann wieder zu ihrem Ausgangspunkt zurückzukehren.

»Na, gut geschlafen?«, fragte der Schaffner.

Der Asiat zückte seinen Fahrschein und lächelte.

»Gute Reise!«, wünschte der Schaffner. »Und hier ist immer noch Tiefschlaf angesagt?«

»Mindestens«, sagte ich und überreichte das Ticket des Toten.

Der Schaffner studierte das Papier, ohne es zu entwerten.

Warum dauerte das so lange?

Er blickte auf, schaute zu mir, dann zu dem Toten.

»Das ist ein Onlineticket«, sagte er schließlich. »Tut mir leid, aber ich fürchte, Sie werden ihn wecken müssen. Ich brauche seine Kreditkarte zur Identifikation.«

»Kein Problem«, sagte ich und griff unter den Sitz. Der Reißverschluss der Tasche klemmte. Dann spürte ich das Metall in der Hand. Wie vor zwei Tagen, als du vor mir standest und Alex, der Arsch, seinen Arm um dich legte und ich nicht wusste, was ich tun sollte.

Die Waffe glänzte mir aus dem weit geöffneten Tascheninnern entgegen, lag da, gebettet auf Beutel voll Naschwerk. Wie eine Offenbarung. Nein, du hättest nicht lachen sollen. Und Alex hätte wissen müssen, was passieren würde, wenn er auf mich zukommt, als würde er mich nicht ernst nehmen. Der Idiot hätte doch sehen müssen, dass ich die Lösung längst in den Händen hielt. Wie hätte ich ihm dieses selbstsichere Grinsen nicht aus dem Gesicht schießen können? Und du, meine Liebe, hättest du nur weiter gelacht oder meinetwegen auch geweint, um Alex, den Arsch, der zerfetzt in der Ecke lag, hättest du gejammert, geflucht, geschwiegen oder gebetet, nichts wäre passiert. Aber du musstest ja schreien, so laut schreien. Wie jetzt die blasse Blonde – Rebekka Storch.

»Halt die Klappe!«, fuhr ich sie an. Schließlich waren wir inzwischen per Du.

Ich ließ die Waffe kreisen, der Asiat hob die Hände, ebenso der Schaffner. Die Ticketgemeinschaft saß wie eingefroren auf ihren Sitzen. Rebekka Storch schrie.

Was hätte ich tun sollen? Schreien ist falsch, grundfalsch, wenn jemand die Waffe auf einen richtet. Der Asiat, der Schaffner, die Ticketgemeinschaft – alle schienen das zu begreifen. Nur du nicht, meine Liebe, und auch nicht Rebekka Storch.

Ich holte aus. Ein Faustschlag mit der Hand, in der ich die Waffe hielt, würde sie zum Schweigen bringen. Hatte man oft genug gesehen, müsste klappen.

Doch irgendetwas ließ mich innehalten. Ich ließ den Arm sinken, bemerkte, dass die Quelle des Entsetzens gar nicht die auf sie gerichtete Waffe war, sondern der Tote, dem die ›I ♥ Berlin‹-Mütze vom Kopf gerutscht war. Mit leeren Augen starrte er ins Abteil.

Der Zug fuhr in den Bahnhof ein. Ich griff nach der Tasche, wollte raus hier – weg von den toten Augen, der Fassungslosigkeit, dem Geschrei und der Angst. Nur wenige Schritte trennten mich von der Freiheit. Ich spürte den Ruck, mit dem der Zug hielt, bevor mich ein Schlag traf, hart und unerwartet.

»Entschuldigung«, sagte der Asiat, verbeugte sich mehrmals und hob den Trolley auf, der ihm beim Herausziehen aus dem Gepäckfach entglitten war.

Blinzelnd rieb ich mir die Schläfe. Durch die Fensterscheibe drangen die Lichter des Hamburger Hauptbahnhofs.

»Darf ich mal?«

Kein Ahnung, wie lange der Mann mit der ›I ♥ Berlin‹-Mütze schon neben mir wartete. Als ich mich zu ihm drehte, hatte er sich bereits von seinem Sitz erhoben. Noch halb benommen stand ich auf und ließ ihn durch. Dabei fiel der *SPIEGEL* von der Ablage. In dem einzigen Artikel, den ich gelesen hatte, ging es um *Bahnbetrug mit Monatskarten.*

Hinter mir redete die blasse Blonde mit ihrem iPhone. »Na, du bist ja süß, aber ich bin schon in Hamburg. – Nein, nein, die von der Agentur haben mir gesagt: Casting heute Abend im *Radisson Blu.* – Ja genau. – Nee oder? – *Radisson Blu* Berlin?«

Ich zog meine Tasche aus dem Gepäckfach.

Wie immer standest du am falschen Gleis.

»Du siehst müde aus«, sagtest du, nachdem wir uns endlich gefunden hatten. »Alex wartet übrigens auf dem Parkplatz.«

»Alex?«

»Ja, stell dir vor, er hat angeboten, uns zu fahren, weil mein Auto doch in der Werkstatt ist. Nett, oder?«

Ich nickte und war wach, so wach.

... es bereits seit dem Jahr 1880 Speisewagen
auf deutschen Gleisen gibt?

RE Schwäbisch Hall-Hessental – Stuttgart

Tatjana Kruse

8:03 Uhr ab Schwäbisch Hall-Hessental

*Keuchend folgte Mrs. McGillicuddy dem Gepäckträger, der
ihren Koffer über den Bahnsteig trug.*

Bärbel Hebsacker schlug ihre Reiselektüre zu. So was
wollte sie gar nicht lesen. Bücher über die gute, alte Zeit, als
es noch Gepäckträger gab. Oder schmucke Bahnhöfe. Oder
Züge, die pünktlich fuhren.

Jeden Morgen pendelte Bärbel Hebsacker mit dem Zug
um 8:03 Uhr von Schwäbisch Hall-Hessental nach Stuttgart,
um abends um 19:41 Uhr wieder retour zu fahren. Die Zeit
dazwischen verbrachte sie als Verwaltungsangestellte mit
Bürotätigkeiten. Ein eintöniger Job, aber jemand musste ihn
ja machen. Was wäre die Welt ohne Ablage!

»Meine Damen und Herren, bitte beachten Sie: Aufgrund
einer Streckensperrung wird unser Zug den Bahnhof Hessental heute mit einer Verspätung von voraussichtlich zehn
Minuten verlassen«, knarzte die Stimme des Zugbegleiters
aus der Sprechanlage an der Decke.

Bärbel Hebsacker seufzte und ergab sich in ihr Schicksal.
Was blieb ihr auch anderes übrig? Heutzutage durfte man

froh sein, wenn der Zug überhaupt fuhr. Schlimmere Verhältnisse als in der Dritten Welt, wie sie ihren Kolleginnen in der Kaffeepause immer wieder gern mitzuteilen pflegte. Erst letzte Woche mussten sie geschlossen den Zug in Oppenweiler verlassen und auf Busse umsteigen. Genauer gesagt, auf *einen* Bus. In den nicht alle Reisenden aus den vier Waggons hineinpassten. Es hatte unschöne Szenen gegeben. Böse Worte waren geflogen, Blut war geflossen. Letzteres vor allem dann, wenn sie die Spitze ihres Stockschirmes in Männerbeine rammte, um sich einen weiteren Platz vorzukämpfen.

Was das Schicksal in Form der Zentralen Leitstelle der DB in Karlsruhe wohl heute für sie bereithielt?

Bärbel Hebsacker sah aus dem Zugfenster. Der Bahnhof Schwäbisch Hall-Hessental gehörte mit Fug und Recht zu den zehn hässlichsten Bahnhöfen in ganz Deutschland. Versifft, verdreckt, ohne Toilette. Kein gutes Aushängeschild für die dazugehörige postkartenidyllische Stadt. Dass da der Oberbürgermeister nicht mal energisch bei der Bahn protestierte! Aber so ein OB fuhr ja nie mit öffentlichen Verkehrsmitteln, woher sollte er wissen, dass man sich als Bürger seiner Stadt für diese Schrecklichkeit schämte, wann immer man hier abfuhr, ankam oder Besucher abholte. Bärbel Hebsacker überlegte, ob sie einmal zur Bürgersprechstunde gehen und dieses Thema anbringen sollte, aber bevor sie sich dazu entschließen konnte, setzte sich der Zug in Bewegung.

Es war ein betagter Regionalzug mit vierzig Jahre alten Waggons, die wie immer um diese Jahreszeit völlig überhitzt waren und repetitive Geräusche von sich gaben. Enorm einschläfernd.

Bärbel Hebsacker kuschelte sich in ihre Sitzecke – sie fuhr dank ihres Gewerkschaftsausweises ausnahmslos erster Klasse – und ließ einen letzten Blick durch den Waggon schweifen. Es waren immer dieselben Gesichter: der Polizist in Uniform, der in Backnang ausstieg; der Landtagsabgeordnete der SPD, der das *Haller Tagblatt* las oder dicke Akten durchging; die Edelverkäuferin aus der *Breuninger*-Kosmetikabteilung in ihren wechselnden Second-Hand-Chanel-Kostümen. Jeder hatte seinen festen Platz. Die Verkäuferin ganz vorn, der Polizist und der Abgeordnete mittig, Bärbel hinten. Manchmal waren noch ein paar Fernreisende dabei, aber in aller Regel blieb man um diese Uhrzeit in der ersten Klasse unter sich. Voller wurde es erst ab Murrhardt.

Voller ... und noch heißer ... und ...

Bärbel schlief ein.

Ein Ruckeln weckte sie.

Mit dem linken Handrücken einen Sabberfaden aus dem Mundwinkel wischend und mit der Rechten ein Gähnen verdeckend, öffnete sie die Lider gerade so weit, um sich zu orientieren. Sie fuhren eben aus dem Bahnhof Fichtenberg. Noch gut zehn Minuten bis Murrhardt. Der Halt in Fornsbach war ja wegen einer Baustelle derzeit gestrichen.

Die Augen fielen ihr wieder zu. Im Wegnicken registrierte sie noch, dass der Polizist nicht auf seinem Stammplatz saß, vermutlich suchte er eine funktionierende Toilette. Der Landtagsabgeordnete schlummerte hitzebedingt ebenfalls. Und vorn, wo die Edelverkäuferin saß, stand – die Sicht versperrend – der mobile Kaffeemann in seiner dunkelblauen Uniform mit gelbem Schriftzug. Er beugte sich vor, vermutlich servierte er gerade eine Tasse Kaffee.

Dann war Bärbel Hebsacker auch schon wieder weggeschlummert.

Ein Schrei weckte sie. Ein durchdringender, verzweifelter Schrei. Der Schrei einer Frau. Einer Schaffnerin. Bärbel Hebsacker war sofort hellwach.

Der Polizist kam angerannt, die Hände noch feucht. Es gab also doch Männer, die sich hinterher die Hände wuschen? Das registrierte Bärbel noch, dann sah sie, warum da so geschrien wurde. Ihr Blick fiel nämlich auf die Tote. Die Edelverkäuferin im abgetragenen Chanel, deren Namen sie nicht kannte, obwohl sie seit drei Jahren jeden Werktag, den der Herr werden ließ, mit ihr das Großraumabteil teilte. Sonst saß die Verkäuferin immer ganz steif, mit überschlagenen Beinen und mit dem Rücken in Fahrtrichtung, auf dem Fensterplatz und guckte spitz. Jetzt lag sie hingestreckt da und guckte, wie man eben guckt, wenn einem die Zunge dick verquollen und blau aus dem Mund hängt.

Die Schaffnerin informierte die Dienstleitstelle, der Polizist sprach ebenfalls in sein Handy, der Zug fuhr nach wie vor.

Ja klar, dachte Bärbel Hebsacker, die schon die Hand nach der Notbremse hatte ausstrecken wollen, wenn wir jetzt auf offener Strecke halten, kann der Mörder aussteigen und auf Nimmerwiedersehen im Murrhardter Wald verschwinden. Schade eigentlich, sie hätte zu gern einmal an der Notbremse gezogen ...

»Ich habe den Mörder gesehen«, erklärte sie eine Stunde später einem ermittelnden Beamten.

Ihr Zug stand im Bahnhof Murrhardt und niemand durfte ihn verlassen, von allen wurden erst die Personalien aufgenommen, eine Verzögerung, die manche Pendler ungnädig aufnahmen. Bärbel Hebsacker nicht. Sollten die Kollegen die Ablage heute ruhig ohne sie machen, sie war soeben zur Hauptzeugin in einem Kriminalfall mutiert.

Der Beamte nickte aber nur unbeeindruckt. »Wie sah er denn aus, der Mörder?«

»Es war der mobile Kaffeemann!« Bärbel konnte sich ein triumphierendes Grinsen nicht verkneifen. Fall gelöst!

»In diesem Zug gibt es keinen mobilen Kaffeedienst«, erklärte die Schaffnerin, die zusammen mit den anderen – noch lebenden – Erste-Klasse-Passagieren im vordersten, zum Verhörraum umgewandelten Wagen befragt wurde.

»Also bitte, ich habe ihn doch gesehen! Dunkle Haare, blaues Shirt, gelbe Aufschrift *Ihr Kaffeemann*.«

»Nein«, erklärt die Schaffnerin.

»Ich werde doch wohl wissen, was ich gesehen habe!«, echauffierte sich Bärbel.

»Als ich zur Toilette ging, sah ich, dass Sie geschlafen haben. Vielleicht … im Traum …«, warf der Polizist ein.

»Wer träumt denn von einem mobilen Kaffeemann?« Bärbel blähte die Wangen auf. »Ich versichere Ihnen: Es war der mobile Kaffeemann und er beugte sich über die Tote.«

Der Befragungsbeamte notierte sich etwas, dann nickte er. »Vielen Dank. Sie können jetzt gehen. Falls wir noch Fragen haben, kommen wir auf Sie zu.«

»Das war's schon?« Bärbel wurde laut. Sie sah sich um. »Der Täter muss noch an Bord sein. Vielleicht hat er sich mit seinem Imbisswägelchen auf einer Toilette verschanzt? Oder er hat den Wagen aus dem Zug geworfen und sich einen Pulli über das Kaffeemannshirt gezogen!« Weil ihr niemand Glauben schenken wollte, erging sie sich in wilden Spekulationen.

Die anderen warfen sich bedeutungsschwangere Blicke zu.

»Wir gehen Ihrem Hinweis auf jeden Fall nach«, versicherte der Polizist. Es klang so, als ob er sagte: Ja, natürlich, Elvis lebt und Sie haben ihn am Currywurststand einer süddeutschen Kleinstadt gesehen, bevor ihn sein Mutterschiff abholte und zurück zum Planeten Sirius brachte …

Bärbel Hebsacker fuhr nicht mit dem Ersatzzug weiter nach Stuttgart. Sie nahm den Gegenzug nach Hause und kochte.

Ohne Herdplatte. Innerlich. Diese Unverschämtheit! Sie war eine vernunftbegabte Anfangvierzigerin in verantwortungsvoller Position, eine steuerzahlende Bürgerin, eine Frau! Wie konnte dieser lächerliche Polizistenwicht es wagen, ihre Aussage einfach als Traumgespinst abzutun?!

Sie trank literweise Kräutertee. Köchelte noch stundenlang vor sich hin. Und kam dann zu einem lebensverändernden Entschluss. Jeder andere hätte es dabei bewenden lassen und darauf vertraut, dass die Polizei den Mörder schon irgendwann dingfest machen würde. Nur nicht einmischen. Aber Bärbel Hebsacker beschloss, den Kaffeemann eigenhändig zu überführen.

»Tee, Kaffee, Kaltgetränke?«

Der war es nicht. Dieser hier war blond und eigentlich viel zu schmal. Natürlich könnte es sein, dass er sich nach der Tat die Haare gefärbt hatte. Und sie hatte ihn auch nur von hinten gesehen.

»Könnten Sie sich bitte einmal umdrehen und nach vorn beugen?«, bat Bärbel Hebsacker den Kaffeemann.

»Wie bitte?«

»Umdrehen, vorbeugen«, wiederholte sie.

Er starrte sie einen Moment schweigend an. Dann drehte er sich um und beugte sich so weit vor, wie es im schmalen Gang des Regionalexpressgroßraumwagens möglich war.

Nein, viel zu grazil. Der Täter war stattlicher gewesen. Bärbel Hebsacker schoss trotzdem ein Handyfoto.

»Wollen Sie jetzt was trinken oder nicht?«, fragte der Kaffeemann, immer noch nach vorn gebeugt, über seine linke Schulter.

Jeder andere hätte, schon allein aus Höflichkeit, ein Wasser bestellt. Bärbel Hebsacker stand über solchen Dingen. Sie brummte nur: »Nein.«

Kopfschüttelnd ging der Kaffeemann weiter.

Drei Tage Urlaub hatte sie genommen. Die mussten reichen, hatte sie gefunden. Mit ihrer Jahreskarte fuhr sie auf der Strecke von Schwäbisch Hall-Hessental nach Stuttgart immer hin und her, stets in den Zügen, die bis Nürnberg weiterfuhren und somit einen mobilen Kaffeemann an Bord hatten.

Zu ihrem Bedauern war es aber pro Tag immer derselbe Kaffeemann. Gestern der untersetzte, stark nach Schweiß riechende Franke mit Pferdeschwanz, heute der grazile Blonde. Wie Bärbel fuhren sie immer eine Strecke hin und zwei Stunden später wieder retour.

Wie viele Kaffeemänner mochte es geben? Sie hatte nicht vor, für ihre Recherchen ihren ganzen Jahresurlaub zu verwenden.

»Sie, hallo Sie, kommen Sie noch mal her!«, rief sie mit befehlsgewohnter Stimme. Die Putzfrau und den Botenjungen im Büro pflegte sich auch so anzuherrschen.

Der Kaffeemann – er hieß Patrick, aber das interessierte Bärbel nicht – wollte gerade den Großraumwagen verlassen. Die Geschäfte liefen miserabel und dann wurden diese Fahrgäste auch noch immer schrulliger. So wie diese komische Alte. Aber vielleicht hatte sie es sich ja anders überlegt. Wollte ein Sandwich und was Süßes und eine heiße Schokolade. Er zwang sich ein Lächeln ins Gesicht und drehte sich um. »Ja bitte?«

»Wie viele gibt es von Ihnen?« Bärbel kam immer gleich sofort auf den Punkt.

»Wie bitte?« Er verstand nur Bahnhof.

Sie glaubte, es müsse sich um einen Hörfehler handeln, diese jungen Menschen waren doch alle Heavy-Metal-taub. Und die Klügsten engagierte man für einen solchen Job ja auch nicht gerade. Also stand sie auf und trat in den Gang.

»Wie viele mobile Kaffeemänner bedienen auf dieser Strecke?«
Sie sprach langsam und betonte jede einzelne Silbe. Wie man
es auch gern bei Ausländern zu tun pflegte.

»N-u-r m-i-c-h«, erwiderte Patrick noch langsamer und
betonter.

Bärbel Hebsacker schüttelte gereizt den Kopf. »Nein, ich
meine nicht heute, ich meine generell.« Kannte dieser
Schwachmat das Wort *generell?*

»Ich meine, wie viele Kollegen außer Ihnen fahren an anderen Tagen auf dieser Strecke?«

Patrick zählte innerlich auf zehn. »Keine Ahnung, wir
kriegen unsere Einsatzbefehle vom Chef in Nürnberg.«

Als das Gesicht von Bärbel Hebsacker daraufhin förmlich
in sich zusammenfiel, bekam er doch Mitleid mit ihr. Bestimmt so eine arme Unbefriedigte, seit Jahren keinen Sex,
wenn überhaupt. »Also, außer mir weiß ich noch vom Uwe,
dass er die Strecke fährt. Und vom Heiner.«

»Hat einer der beiden einen Pferdeschwanz?«

Patrick nickte. »Der Heiner.«

Uwe!, notierte Bärbel folglich in ihre Kladde, denn der
Pferdeschwanzträger war es nicht.

»Der Heiner ist morgen dran, das weiß ich zufällig«, ver-
kündete Patrick von sich aus. Als Bonus.

Bärbel schürzte nur die Lippen.

»Ich will doch nur wissen, wann der Uwe wieder als mobiler
Kaffeedienst auf der Strecke Nürnberg – Stuttgart mit Halt
in Schwäbisch Hall-Hessental unterwegs ist!«

Bärbel war mit ihren Nerven fast am Ende. Sie hatte end-
los lange googeln und dann noch drei Telefonate führen
müssen, bevor sie herausfand, wer am Bahnhof Nürnberg
für den Einsatz der Kaffeemänner zuständig war. Und jetzt
hatte sie so eine Aushilfskraft am Apparat, die vermutlich

nicht mal bis drei zählen konnte. Wahrscheinlich mit Migrationshintergrund. Heutzutage musste man ja jeden nehmen.

»Uwe!«, wiederholte sie etwas lauter.

Die junge Frau am anderen Ende seufzte. Ihr Jüngster war an diesem Morgen mit hohem Fieber aufgewacht. Sie hatte in aller Eile noch ihre Mutter abholen und zum Babysitten verdonnern müssen und machte sich jetzt Sorgen, was der Kleine haben könnte. Grippe? Masern? Ebola? »Wir geben normalerweise die Routen unserer Mitarbeiter nicht bekannt«, sagte sie, mit den Gedanken bei ihrem kranken Kind. Nicht, dass sich in ihren zehn Jahren bei der Firma schon einmal irgendjemand nach den Routen eines Mitarbeiters erkundigt hätte.

Bärbel Hebsacker improvisierte auf Teufel komm raus. »Also ... der Uwe und ich ... wir kennen uns schon ... ewig ... ich bin nämlich Stammkundin ... und ihm ist letztes Mal beim Einschenken die ... äh ... Uhr vom Handgelenk gerutscht, und jetzt will ich sie ihm zurückgeben!« Gegen Ende wurde Bärbel immer sicherer. Es war dennoch hanebüchen. Was jeder gemerkt hätte, außer einer liebenden Mutter, die sich um ihr Kind sorgt. »Uwe fährt übermorgen, am Freitag, wieder auf dieser Strecke. Brauchen Sie die genauen Einsatzzeiten?«

»Nein!« Bärbel jubilierte innerlich. Und knallte den Hörer auf die Gabel.

»Wer war denn das?«, erkundigte sich in Nürnberg der Chef des mobilen Kaffeeservice bei seiner Mitarbeiterin, die angesichts des laut knallenden Hörers zusammengezuckt war.

»Ach, irgend so eine Frau, die wissen wollte, wann der Uwe wieder auf der Stuttgartstrecke zum Einsatz kommt. Nervige Person. Sag mal, Ernst, kann ich heute mal länger Mittagspause machen, ich sollte dringend nach meinem Kleinen schauen.«

Pünktlich um 8:03 Uhr fuhr der Zug im Bahnhof Hessental ab.

Dieser Freitag war für die Jahreszeit ungewohnt warm. Was die Heizung in dem schicken, neuen Regionalexpress nicht weiter anfocht: Sie gab alles und sorgte für ein heißes Äquatorialklima. Jedoch nur im Wagen der ersten Klasse.

»Setzen Sie sich doch um«, schlug der Schaffner Bärbel Hebsacker vor. »In der zweiten Klasse ist es angenehm temperiert.«

»Ich habe erste Klasse bezahlt, also fahre ich auch erste Klasse«, erklärte sie pampig.

Der Polizist und der Landtagsabgeordnete waren schon längst in den nächsten Waggon gewechselt. Bärbel zog ihre Twinsetjacke aus und verharrte auf ihrem Posten. Jeden Moment musste Uwe, der mobile Kaffeemann, kommen. Sie würde ein Handyfoto von ihm schießen. Und gleich darauf den Polizisten drüben in der zweiten Klasse alarmieren, damit der ihn bis zum nächsten Haltebahnhof festhalten konnte, um ihn dort seinen Kollegen von der Streife zu übergeben. Bärbel nickte sich selbstgefällig zu. Es war so einfach gewesen. Hätte die Polizei ihr von Anfang an geglaubt, der Fall könnte schon längst abgeschlossen sein! So lag es in ihren Händen. Angst hatte sie nicht. Am anderen Ende des schmucken Großraumwagens saß ein Ehepaar mittleren Alters, beide sportlich durchtrainiert, mit großen Koffern, bestimmt auf dem Weg zum Flughafen Stuttgart. Falls dieser Uwe durchdrehen sollte, würde ihr der Mann sicher zu Hilfe eilen.

Bärbel machte sich bereit. Gestern war Feiertag gewesen, und an einem Brücken-Freitag war der Zug immer leer. Der Kaffeemann würde sich bald schon zur ersten Klasse vorgearbeitet haben. Sie setzte sich in Position.

Im Grunde sehr schön, diese neuen Waggons. Pastelltöne.

Noch keine Kaugummireste in den Sitzen. Aber warm … sehr warm … wirklich sehr …

Bärbel Hebsacker schlief ein.

Sie erwachte scheinbar grundlos. Wurde eben einfach wach. Und erlebte ein Déjà-vu.

Am anderen Ende des Wagens beugte sich der mobile Kaffeemann nach vorn. Dort, wo vorhin noch das Ehepaar gesessen hatte. Der Mann war verschwunden, vermutlich auf die Toilette gegangen. Und jetzt wollte der Kaffeemann die Ehefrau erdrosseln. Die Haltung des Mannes war nämlich absolut identisch mit … Moment mal!

Bärbel Hebsacker stutzte.

·Das da vorn, das war nicht real, das war ein Spiegelbild. In den neuen Waggons befand sich jeweils am Wagenkopf und -ende ein großer Spiegel und was sie sah, war … sie selbst.

Der Kaffeemann stand in Wirklichkeit direkt vor ihr und er beugte sich zu ihr hinunter, mit riesigen Händen in schwarzen Lederhandschuhen.

»Sie sind nicht Uwe …«, hauchte Bärbel Hebsacker noch.

»Nein, ich bin sein Chef. Ich fürchte, Sie haben mich offenbar dabei beobachtet, wie ich den Alimenten an meine Exfrau ein finales Ende bereitete.«

»SIE sind der Mörder!« Bärbel guckte fast ein wenig triumphal. Sie hatte also doch recht gehabt. Doch da spürte sie bereits seine Hände an ihrem Hals.

»Aber ja«, wisperte der mobile Kaffeemann. Und zwinkerte ihr zu.

... die Schweizerischen Bundesbahnen SBB ihre Pendler durch die Aktion ›Clever pendeln – bequemer reisen‹ zur Pünktlichkeit erziehen wollen? Durchsagen fordern z. B. dazu auf, sich gleichmäßig vor den Zugtüren zu verteilen, um schneller einsteigen zu können.

IC Zürich – Bern

Michael Herzig

Notbremse GmbH

Ich hasse meinen Job. Kein Pausenkaffee, kein Feierabendbier, keine Betriebsfeten. Kein heimlicher Fahrstuhlflirt mit der Praktikantin des Chefs. Immer auf Draht. Immer unterwegs. Eine furchtbare Sache.

An diesem Morgen weckte mich das Stöhnen einer Frau. Ich dachte, es käme aus dem Nebenzimmer. Im *Hotel Regina* in Zürich herrscht ein Kommen und Gehen die ganze Nacht. Jedoch stöhnte das Handy.

Am Vorabend hatte ich es aus einem Schließfach am Hauptbahnhof geholt, zusammen mit mehreren SIM-Karten. Den Schlüssel zum Fach hatte ich am Nachmittag einer zusammengefalteten Zeitung entnommen. Ein Mann ohne Eigenschaften hatte sie auf den Tisch gelegt, als ich mich zu ihm gesetzt hatte. Daraufhin war er aufgestanden. Noch bevor er für immer aus meinem Blickfeld verschwunden war, hatte ich den Schlüssel eingesteckt, die anderen Gäste im *Migros*-Restaurant betrachtend. Alleinerziehende Mütter und alleingelassene Rentner. Teenager, die beides noch vor sich hatten.

Ich schlug die Bettdecke zurück. Es war heiß im Raum. Keine Morgenbrise weit und breit. Von draußen hörte ich Autohupen, Gelächter und Flüche. Ich verrenkte mich, um das Telefon vom Boden aufzuheben.

Eine Kurznachricht hatte mich geweckt. Um 10:02 Uhr sollte ich den Intercity nach Bern nehmen. Mit Müh und Not wechselte ich die SIM-Karte aus. Zunächst schaffte ich es nicht, die Abdeckung zu entfernen. Schließlich ließ ich das Teil fallen. Das klappte. Ich setzte eine neue Karte ein, wählte und ließ es dreimal klingeln. Sodann trennte ich die Verbindung und drückte sofort die Wiederholungstaste. Diesmal wartete ich zwei Signaltöne ab, bevor ich die Leitung unterbrach und gleich darauf wieder wählte. Nach dem ersten Ton nahm jemand ab.

»Eine Stunde«, sagte ich.

»Zeughaushof«, flüsterte die Stimme am anderen Ende. Dann war die Leitung tot.

Erneut tauschte ich SIM-Karten aus. Anschließend versuchte ich, den Klingelton zu ändern. Vergeblich. Ich stand auf und machte fünfzig Rumpfbeugen, danach ebenso viele Liegestütze. Als ich mich Minuten später in die Duschkabine zwängte, stöhnte das Handy abermals. Ich hasse Technik.

Im Unterschied zum Abend zuvor verzichtete die Rezeptionistin auf die Frage, ob ich ihr an der Bar ein Glas Sekt spendieren würde. Ich setzte die Sonnenbrille auf und verließ das Hotel. Links neben dem Eingang stand ein Mädchen. Kurzer Rock, hohe Absätze, tiefer Preis. Aus einer Bar gegenüber torkelten Anzugträger. Vor dem Biergarten daneben parkte der Transporter einer Metzgerei. Dahinter stand ein Streifenwagen. Zwei Polizisten plauderten mit dem Lieferanten. Ich hasse Fleisch.

Das Zeughaus war gleich um die Ecke. Erstaunlich, wie nahe alles beieinanderliegt in dieser Stadt. Anwaltskanzleien,

Banken, Bars, besetzte Häuser, Bioläden, Bordelle, Boutiquen, Galerien, Genossenschaften, Jachtklubs, Kulturzentren, Kindertagesstätten, Obdachlosenasyle, Polizeistationen, Schrebergärten, Tätowierer, Zahnkliniken.

Rechts bog eine Fahrradfahrerin von der Kanonengasse in die Zeughausstrasse ein. Sie fuhr ein altmodisches Damenrad, hatte Rückenlage und lange Beine. Sie sah erhaben aus. Bis sie von einem BMW von der Straße gedrängt wurde. Sie schrie, schwankte. Der Fahrer gab Gas.

Die Frau sprang vom Rad und blickte sich Hilfe suchend um. Ich ging weiter.

Durch ein Gittertor betrat ich den Zeughaushof. Vor mir lag eine Wiese, deren eine Hälfte von einem Garten eingenommen wurde, der wild aussah und gepflegt zugleich. Auf der anderen Seite lagerten Stadtindianer. Sie saßen auf Bänken oder am Boden. Bierkartons lagen herum. Jemand schrie. Ich betrat den Rasen.

»Hast du was zum Rauchen?« Eine Alte mit schwarzen Zähnen strahlte mich an.

Ich schüttelte den Kopf. Das Grinsen verschwand. Sie verdrehte die Augen und machte spastische Bewegungen. »Liebe geht durch dicke Wände!«, sang sie. Dabei tippelte sie auf einen groß gewachsenen Mann zu. Er trug Springerstiefel, Jeans und ein fleckiges *Feldschlösschen*-T-Shirt. Die Haare leuchteten rot.

»Liebe hat immer Freigang!« Mit wilden Armbewegungen umkreiste die Alte den Hünen. Er legte beide Handflächen an seine Wangen und winselte. »Liebe sprengt jede Kette!« Ein seltsamer Singsang und ein herzzerreißendes Wimmern.

Ich ging um die beiden herum zu einer der Bänke. Darauf saßen zwei Männer. Ein fetter Schwarzhaariger. Trainingsanzug. Aufgedunsenes Gesicht. Rotviolette Haut. Er nuckelte an einer Wermutflasche. Der andere war um die fünfzig, hager, blonde Mähne, grauer Bart. Auf seinem Hemd fuhr mir ein riesiger Lastkraftwagen entgegen.

Der Mann nickte und stand auf. Er deutete auf den Rothaarigen. »Seine Alte ist im Knast. Das hält er nicht aus. Träumt davon, ein großes Loch in die Gefängnismauer zu sprengen. Wie im wilden Westen.« Er spuckte auf den Rasen.

Wir gingen gemeinsam los. Von der Mitte des Hofes kam uns eine Gruppe Leute mit herumtollenden Hunden entgegen. Durch den gegenüberliegenden Eingang fuhr ein Streifenwagen. Wir bogen rechts in den Durchgang zur Kasernenwiese ein.

Ich zog einen Umschlag aus der Gesäßtasche, mein Begleiter steckte ihn ein.

»Warte hier. Um die Ecke hat es ein öffentliches Pissoir.« Er verschwand.

Ich behielt das Polizeiauto im Auge. Es fuhr zu der Wiese. Zwei Beamte stiegen aus, rückten ihre Gürtel zurecht und gingen zu dem fetten Alkoholiker auf der Bank. Mein Telefon stöhnte.

Das Pissoir war an die Außenwand des Zeughauses gebaut. Eine Mauer zur Straße hin, ein schmaler Eingang ohne Tür. Neben der Rinne stand ein Aktenkoffer. Ich hob ihn auf und stellte mich mit dem Rücken zum Eingang, sodass niemand hineinsehen oder eintreten konnte. Im Koffer lagen Aktenbündel, ein Datenträger, ein italienischer Pass und eine Pistole mit Magazin.

Ich steckte den Ausweis weg und überprüfte die Waffe. Eine Ruger LC9. Kaliber 9mm Parabellum. Klein, schlank, leicht, handlich, billig, tödlich. Beliebt in den USA bei Leuten, die auf alles schossen, was eine Kapuze trug. Und bestens geeignet für meinen bevorstehenden Job. Ich wischte das Ding sorgfältig ab und legte es zurück. Danach wechselte ich die SIM-Karte meines Handys aus. Mittlerweile brachte ich dies reibungslos zustande. Die alte Karte warf ich in die Pissrinne.

Im Hauptbahnhof war viel los. Der Zug wartete schon am Gleis. Ein Doppelstöcker. An den Türen stauten sich die Reisenden.

Vor dem Restaurantwagen sah ich sie. Der Mann trug einen blauen Zweireiher. Trotz der Hitze. Er war um die sechzig, untersetzt, hatte eine Glatze und schwammige Gesichtszüge. Mit beiden Händen hielt er einen Aktenkoffer fest. Unter normalen Umständen würde er keinesfalls im Zug reisen, doch ich wusste, dass sein Privatchauffeur kurz vor Abreise einen Unfall gebaut hatte.

Seine Begleiterin war aufgedonnert wie ein Topmodel und hatte die Körperhaltung einer Leibeigenen. Außerdem dick aufgetragene Schminke. Als ob sie etwas verstecken wollte. Falten, blaue Flecken, Angst, Verzweiflung.

Ich ging zur nächsten Zugtür. Damit ich sehen konnte, dass der Mann und die Frau wirklich einstiegen, stellte ich mich neben zwei Raucher und drückte an meinem Handy herum. Die beiden trugen Hemden mit Totenköpfen und dazu passende Mähnen.

Der Mann und die Frau gingen an Bord. Ich wartete. Die Raucher quatschten über Musikgruppen, von denen ich nie gehört hatte. Dann schmissen sie ihre Zigaretten weg und stiegen ein. Ich blickte zur Uhr. Höchste Zeit. Also folgte ich den Schwermetallern. Da sah ich aus dem Augenwinkel jemanden aus Richtung Bahnhofshalle herbeirennen. Groß gewachsen. T-Shirt. Rote Igelfrisur. Ich hasse Punks.

In den Doppelstockwagen befand sich der Durchgang oben. Darum stieg ich hinauf. Oberhalb der Treppe saßen drei Teenager. Zwei Buben und ein Mädchen. Ich setzte mich in Fahrtrichtung neben einen der beiden Schnösel. Er trug Ohrenstöpsel und bewegte das linke Knie in einem Tempo auf und ab, als ob er den Klängen eines Presslufthammers lauschte. Die beiden gegenüber wirkten unbeteiligt. Dass sie zusammengehörten, wurde mir erst klar, als ich sah, dass das Mädchen seine rechte Hand auf den Oberschenkel des Jungen gelegt hatte. Was diesen keineswegs zu berühren schien. Er studierte eine Gratiszeitung. Seine Freundin starrte geradeaus, ihr Blick prallte um Haaresbreite neben meinem Kopf an die Wand.

Die Türen wurden geschlossen. Kurz darauf setzte sich der Zug in Bewegung. Im Abteil links neben mir saßen drei Frauen. Eine Mittvierzigerin mit großem Blumenstrauß auf dem Nebensitz. Sie las ein Buch. Die beiden anderen waren jünger und beschäftigten sich mit ihren Handys. Im nächsten Abteil saßen ein Mann mit nordafrikanischem Aussehen, ein junger Anzugträger und eine Frau, von der ich lediglich grün eingefärbte Haarbüschel sah. Einen Sitz weiter vorne strickte eine Rentnerin.

Danach kam die Lounge. Halbkreisförmig angeordnet. Ideal für einen Trupp Hardrocker. Die beiden Langhaarigen hatten sich zu drei Frauen gesellt, die um die Trophäe als feenartigstes Wesen unter dreißig wetteiferten. Rucksäcke türmten sich im Gang. Eine PET-Flasche mit grellfarbigem Inhalt machte die Runde. Auf dem Tisch lag ein zur Stereoanlage umfunktioniertes Mobiltelefon. Nach der Lounge kam eine Trennwand, dann eine Reihe von Abteilen. Sie waren gut besetzt.

Der Zugführer teilte mit, wohin die Reise ging. Ohne Halt bis Bern. Was einen der Passagiere zum Kommentar veranlasste, dass das Beste an Zürich der Zug nach Bern sei. Breites Berndeutsch, platter Humor.

Weiter hinten sprang der rothaarige Hüne aus dem Zeughaushof die Treppe herauf. Er suchte einen freien Sitz.

Ich hasse Zufälle.

Aus dem Wagen hinter mir strömten immer noch Reisende nach vorn. Andere kamen aus der Gegenrichtung. Das ergab ein unterhaltsames Durcheinander.

Auf einmal hörte ich hinter mir einen Amerikaner schreien. »Hold it low! Low, goddamned! LOW!« Zusammenzuckend wartete ich auf das Rattern eines Maschinengewehrs. Stattdessen quetschte sich ein rüstiges Rentnerpaar mit zwei riesigen Rollkoffern durch den Mittelgang und die entgegenkommenden Menschen. Sie stellten ihr Gepäck vor die Treppe, sodass der Aufgang zugesperrt war. Der Mann kommandierte seine Gattin auf den Sitz gegenüber der strickenden Frau und stürmte weiter. Beim vorlauten Berner fand er Platz.

Ein Telefon teilte mir mit, dass ich des Sängers mutterfickende Eier lecken sollte. Der Junge gegenüber legte die Zeitung auf den Arm seiner Freundin und zog sein Handy aus der Hosentasche.

»Ey!« Das Mädchen rutschte auf dem Sitz hin und her.

»Du nervst«, zischte er nach einer Weile. »Geh sterben!« Er steckte das Telefon weg. Das Mädchen starrte geradeaus.

»Alle Billette bitte!« Die Schaffnerin hatte eine schöne Stimme und einen furchtbaren Dialekt. Außerdem kurzgeschnittene schwarze Haare, darin eine violett gefärbte Strähne, aufgeklebte Fingernägel und eine angeborene Resistenz gegen mein charmantestes Lächeln.

Die Amerikanerin sprach die strickende Frau an. Fragte sie, ob sie Englisch spräche. Die Angesprochene nickte verlegen. Prompt wurde sie zugequatscht. Das Stricken war ein Thema, das Wetter, die Schweiz, Europa und überhaupt. Die Amerikanerin sprach betont langsam und deutlich.

Ohne ersichtlichen Grund hielt der Junge neben mir seinem Kumpel schräg gegenüber die offene Handfläche hin. Der andere schlug ein. Danach erstarrten sie wieder.

Weiter vorne prallten Kulturen aufeinander. Der Nordafrikaner besaß keinen gültigen Fahrschein. Die Schaffnerin erklärte ihm, das Datum seiner Fahrkarte sei falsch. Laut und bestimmt. Erst in ihrem holprigen Dialekt, dann in Hochdeutsch. Für den Mann schien beides wie eine Beleidigung zu klingen. Er wurde wütend. Die Frau erklärte, dass er eine Strafe zahlen müsse und nahm ihre Maschine hervor. Was der andere als Angriff zu deuten schien. Er schlug ihr aufs Handgelenk. Die Schaffnerin machte einen Schritt zurück. Der Nordafrikaner schrie etwas, stand dann plötzlich auf und rannte an mir vorbei. Geschockt blickte ihm die Schaffnerin nach.

Nach einigen Sekunden setzte sie achselzuckend die Kontrolle der Fahrkarten fort. Als sie sich den Elfen und den fetthaarigen Jungs näherte, stellte eines der Mädchen die Musik ab.

Vorne quatschten der originelle Berner und der stramme Amerikaner auf die Schaffnerin ein. Diese nickte geistesabwesend und ging weiter. Ich wartete gespannt darauf, dass sie zu dem rothaarigen Punk kam. Dieser streckte ihr seine Fahrkarte entgegen. Nervöse Zuckungen im Gesicht. Ich hasse Stress.

Ein Blick auf die Uhr sagte mir, dass es Zeit war für meinen Einsatz. Ich stand auf und nahm den Aktenkoffer von der Gepäckablage herunter. Mittlerweile studierte der Junge das Fernsehprogramm. Seine Freundin nahm ihre Hand von seinem Oberschenkel. Ich drehte mich um und ging in den nächsten Wagen.

Unten befand sich das Zugbistro, oben der Speisewagen. Davor weitere Plätze zweiter Klasse. Der Mann und die Frau saßen im Restaurant. Er in Fahrtrichtung, sie wandte mir den Rücken zu. Der Mann blickte mürrisch zum Fenster hinaus. Seinen Aktenkoffer hatte er griffbereit neben dem

Stuhl zu seinen Füßen platziert. Auf dem Tisch standen Sektgläser.

Ich setzte mich hinter die beiden und stellte meinen Koffer auf den Boden.

Die Kellnerin nahm meine Bestellung auf. Einen Kaffee. Ich bezahlte, gleich nachdem sie die Tasse gebracht hatte.

Während ich an der Brühe nippte, stand die Blonde auf. Mit dem Rücken in meine Richtung stellte sie sich neben ihren Partner. Sie flüsterte ihm zu. Er grunzte, hob seine rechte Hand und betatschte ihren Hintern. Sie kicherte. Dabei schob sie mit dem Fuß den Aktenkoffer langsam nach hinten. Ich blickte mich um, beugte mich nach vorne und tauschte die Koffer aus. Danach leerte ich meine Tasse, ergriff mein Gepäck und stand auf. Im Vorbeigehen sah ich, wie die Frau ihrem Begleiter die Zunge ins Ohr steckte. Der Dicke gluckste. Ich hasse das.

Unten im Bistro standen der Nordafrikaner und ein Schaffner. Sie sprachen Französisch, was die Verständigung erleichterte. Ich ging zu einem der Tische und nahm den italienischen Pass hervor.

Nach einigen Minuten kam die Blondine. Sie nahm das Dokument im Vorbeigehen an sich und fragte den Mann an der Theke, wo das WC sei. Ich ging.

Die Hand lag wieder auf dem Oberschenkel, die Gratiszeitung am Boden. Ich setzte mich. Danach sah ich mich nach dem Punker um. Er war nicht mehr an seinem Platz. Ich schaute zum Fenster hinaus und versuchte, mich zu orientieren. Die Reise dauerte nicht mehr lange. Bald kam der Grauholztunnel.

Kaum war mir dieser Gedanke durch den Kopf geschossen, wurde ich auch schon ins Polster gedrückt. Ich presste den Aktenkoffer an mich. Der Zug verlangsamte rasant, doch das Gepäck blieb glücklicherweise, wo es war. Lediglich eine Colaflasche rutschte von der Ablage in den Schoß des Jungen neben mir. Im Wagen war es gespenstisch still.

Als der Zug stillstand, waren alle wie erstarrt. Sekunden später drängten die Menschen an die Fenster. Ich eilte in das Abteil, wo vorher der Nordafrikaner gesessen hatte, und blickte hinaus. Unser Zug stand neben der Autobahn. Dahinter lag eine Kiesgrube, dann kam ein Dorf: Hindelbank. Dort befand sich ein Frauengefängnis.

Weiter vorne sah ich den Rothaarigen die Böschung hinaufkriechen. Offensichtlich hatte er bei einer der Türen die Notöffnung betätigt. Dazu musste er eine Scheibe zerschlagen, einen roten Knopf drücken, einen Hebel ziehen und die Tür von Hand aufschieben. Er musste wirklich sehr verliebt sein.

Dummerweise lagen zwischen ihm und seiner Liebsten immer noch die Autobahn, einige Kilometer Fußmarsch und die Anstaltsmauern. Angesichts der Dimension seines Gefühlslebens wurde mir missgünstig zumute. Meine letzte Freundin hatte mich einen emotionalen Analphabeten geschimpft.

Eine Stimme aus dem Lautsprecher informierte uns, dass eine Schnellbremsung eingeleitet worden sei. Der Zug würde weiterfahren, sobald die Bremsen überprüft und wieder funktionsbereit seien. Ich kehrte zu meinem Platz zurück. Gelassen zu bleiben, war das A und O in meinem Job.

Ich würde warten, bis der Zug sich wieder in Bewegung setzte. In Bern würde ich aussteigen und in der Menge verschwinden. Währenddessen würden vier Beamte den dicken Anzugträger verhaften. Allerdings rechneten sie nicht mit einer Waffe in seinem Koffer. Noch dazu mit einer, die nachweislich für Straftaten des organisierten Verbrechens benutzt worden war. Ich strich über das Leder meines Aktenkoffers. Darin lag die CD-ROM, welche die Schweizer

Behörden bei dem Herrn im Zweireiher vergeblich suchen würden.

Der Mann war Wirtschaftsanwalt. Respektables Mitglied des Zürcher Großbürgertums. Offshoregeschäfte und Briefkastenfirmen waren seine Kernkompetenz. Mit solchen Transaktionen hatte er sich auf den Radar diverser Strafverfolgungsbehörden manövriert. Nun holte der Mann zum vermeintlichen Befreiungsschlag aus. Zu einem obszön hohen Preis wollte er einem deutschen Steuerfahnder Daten verkaufen. Beweise dafür, dass ein Landesfinanzminister Parteispenden am Fiskus vorbei in die Schweiz geschafft hatte. Anschließend war ein Teil des Geldes über die Bahamas und die Kaimaninseln auf das Schweizer Bankkonto eines arabischen Politikers transferiert worden. Als kleine Anerkennung seines Einsatzes für die Vergabe eines fetten Rüstungsauftrages an die deutsche Industrie.

Nun wurden besagtem Minister Ambitionen auf das Kanzleramt nachgesagt. Wozu er medienwirksam Steuerhinterzieher geißelte. Publizität hinsichtlich seiner eigenen Finanztransaktionen scheute er naturgemäß. Weshalb ich engagiert worden war. Privatdetektiv, Ausputzer, Problemlöser. Eine Schnellbremsung einzuleiten, war meine Kernkompetenz. Es wäre an der Zeit, meine Detektei umzubenennen in *Notbremse GmbH*. Klang nicht übel.

Als Erstes hatte ich das Sexualleben des Anwalts erforscht. Damit fange ich immer an. Wer glaubt, die schwächste Stelle am Körper eines Mannes sei die Achillessehne, irrt gewaltig. Der noble Zürcher hatte eine Vorliebe für hilflose Frauen. Dominanz war ihm wichtig. In jeder Beziehung. Weshalb seine Gespielinnen aus gottverlassenen osteuropäischen Käffern stammten. Das hatte mir die Möglichkeit eröffnet, seiner Freundin ein überzeugendes Angebot zu machen. Mit dem italienischen Reisepass hatte sie die

Freiheit erlangt, sich überall in der Europäischen Union niederzulassen. Im Gegenzug hatte sie mir die Akten zugespielt, mit deren Sicherstellung ich einem Politiker die Karriereleiter fixieren konnte.

Gedankenversunken bemerkte ich zunächst gar nicht, dass wir weiterfuhren. Der verliebte Punker kam mir in den Sinn. Das stimmte mich wehmütig. Als Trost stellte ich mir das Geld vor, das die Unterlagen im Koffer einbringen würden. Ein Aspekt meines Jobs, den ich niemals hassen werde.

Klingenthal – Zwickau – Leipzig – Berlin – Rostock

Peter Godazgar

Alter Schwede

Gunnar Gunnarsson und seine Frau Susanne standen müde
lächelnd im Eingangsbereich des Zugs. Draußen auf dem
Bahnsteig warteten Heinz und Erika Dorn, Susannes Eltern.
Klein und unglücklich sahen sie aus, aber sie versuchten
dennoch tapfer, Haltung zu bewahren. Gunnar winkte, als
die Tür endlich zuklappte, Erika rief ein letztes Mal: »Danke, Gunnar!« Gunnar nickte und sah zu, wie Heinz und
Erika sich von ihm entfernten. Dann nahm er seufzend seinen Rollkoffer und zog ihn ins Abteil, wo er sich neben
Susanne niederließ.

Es gab nichts zu sagen, also schwiegen sie. Gunnar starrte
aus dem Fenster und schüttelte unwillkürlich den Kopf. Was
für eine Familienfeier! Andererseits: Es hatte in der Luft
gelegen, seit Jahren schon. Aber musste es ausgerechnet
beim großen Fest zum neunzigsten Geburtstag von Susannes Oma Trude zum großen Eklat kommen?

»Was für Idioten!«, hörte er Susanne neben sich murmeln.
Er legte einen Arm um seine Frau und drückte sie an sich.
Er konnte ihr nicht widersprechen. Die ewige Fehde zwi-

schen Susannes Onkel mütterlicherseits, Paul, und dem Pendant väterlicherseits, Günter, war in der seit Langem erwarteten handfesten Prügelei kulminiert. Wenn Gunnar alles richtig verstand – was er bezweifelte –, ging es um eine Kuh, einen völlig verfallenen Vierseitenhof und eine längst gealterte Jugendliebe und die Frage, wer sie wem ausgespannt hatte. Paul hatte Günter kurz nach Mitternacht den Inhalt seines Bierglases ins Gesicht geschüttet und wenig später lagen drei Viertel der hundertzwanzig Gäste ineinander verkeilt, verhakt und teilweise sogar verbissen auf den Holzbohlen des Landgasthofs bei Klingenthal im sächsischen Vogtland.

Oma Trude thronte derweil stoisch am Kopf der Tafel und Gunnar hatte fast den Eindruck, als beobachte sie das Geschehen mit einem gewissen Amüsement. Eine halbe Stunde und zwei Schüsse aus Gunnars Dienstwaffe in die Saaldecke später hatte die Polizei halbwegs Ordnung in den Laden gebracht. Man zählte achtunddreißig Leicht- und zwölf Schwerverletzte, der Sachschaden ließ sich noch nicht beziffern.

Dabei hatte sich Gunnar in dieser einen Woche eigentlich erholen wollen. Erst die Familienfeier, dann noch eine Woche Ferien in Travemünde. Ferien, ja, die hatte er dringend nötig – auch wenn er sie sich eigentlich nicht leisten konnte. Seit Monaten sorgte der ›Nilpferdkiller‹, wie ihn die Medien längst nicht mehr nur in seiner Heimat Schweden nannten, in der gesamten Region Schonen für Angst und Schrecken. Zweihundertachtunddreißig Leichen hatte er bisher hinterlassen und jeder einzelnen den Schädel abgetrennt und durch einen Nilpferdkopf ersetzt.

Gunnar, dem Chef der Sonderkommission *Unhappy Hippo*, und seiner inzwischen auf hundertachtundvierzig Kollegen angewachsenen Einsatztruppe fehlte immer noch jede Spur.

Am rätselhaftesten war natürlich die Frage, woher der Irre die ganzen Nilpferdköpfe bekam.

Die Vogtlandbahn passierte Zwotental, später Schöneck und Falkenstein. In Rodewisch stiegen vier junge Kerle ein, Bomberjacken, die Köpfe kahl geschoren. Mit grimmigem Blick stampften sie durchs Abteil und ließen sich drei Reihen hinter Gunnar und Susanne nieder.

»Mach Platz, Oma!«, hörte Gunnar. Es folgten Gelächter und weitere Rufe, sie wurden drängender, lauter, schließlich ertönte der kurze spitze Schrei einer Frau, dann erneut Gelächter, untermalt von leisem Gewimmer.

Gunnar erhob sich. Babynazis! Er hasste diese Typen!

»Lasst die Frau in Ruhe!«, sagte er mit seinem putzigen schwedisch-schonischen Akzent.

Einer der Babynazis erhob sich. »Was denn, Opa? Paar auf die Fresse?«

Ansatzlos donnerte Gunnar dem Jungen seine Faust gegen die Nase. Der kippte in seinen Sitz, im selben Moment erhoben sich seine drei Kumpels. Gunnar verpasste zweien von ihnen ebenfalls je einen Faustschlag, woraufhin sich der letzte wieder setzte und schützend die Hände vors Gesicht hielt.

Wie gut, dass ich regelmäßig an den Nahkampfschulungen teilgenommen habe, dachte Gunnar.

Das Mütterchen starrte Gunnar mit offenem Mund an, Gunnar blickte fragend zurück. »Alles gut?«

Das Mütterchen nickte.

Die Abteiltür öffnete sich und ein Zugbegleiter trat ein. »Die Zugestiegenen, die Fahrausweise ...«, sang er – doch das »bitte«, das er anzuhängen gedachte, bekam er nicht mehr heraus. Er starrte nacheinander auf die drei blutenden und den vierten verängstigten Jungen, dann auf die alte Frau und schließlich auf Gunnar.

Gunnar zeigte auf die Jungnazis: »Haben randaliert. Und die Frau belästigt. Rufen Sie am nächsten Bahnhof an, damit die Polizei sie abholt«, sagte er und drückte dem Mann eine seiner Visitenkarten in die Hand.

In Zwickau verließen sie alle den Zug: Gunnar und seine Frau verabschiedeten sich von der alten Dame, die ihnen zum x-ten Mal dankte, und wanderten von Gleis 6 zu Gleis 2, von wo aus sie weiter nach Leipzig wollten. Die Jungnazis, von denen drei sich immer noch die Nase hielten, wurden von Polizeibeamten in Empfang genommen, die etwas ratlos auf Gunnars Visitenkarte schauten.

Zwischen Crimmitschau und Ponitz spürte Gunnar, wie sein Handy in der Hosentasche vibrierte. Er zog es heraus. Eine SMS von Kjell, seinem Stellvertreter: *Wieder eine Nilpferdleiche. Diesmal in Ystad. Marktplatz. Lag dort vermutlich schon seit zwei Wochen.*

Gunnar verzog das Gesicht. Seit zwei Wochen? Wieso fand man sie dann erst jetzt? Er tippte eine korrespondierende Frage ins Handy und wartete. Dreißig Sekunden später las er: *Keine Ahnung, ein Mütterchen ist drüber gestolpert und hat sich beim Sturz den Arm verknackst.* Gunnar schüttelte den Kopf und tippte eine weitere Frage, die aus drei Wörtern bestand: *Wieder eine Botschaft?*

Kjells SMS folgte diesmal schon nach zwanzig Sekunden: *Ja: Blödian.*

Das war das nächste Rätsel: der Schriftzug, den der Täter stets auf seinen Opfern hinterließ. *Das hast du davon!* Oder: *Ätschebätsche!* Oder: *Doofie.* Einmal auch: *Hier liege ich, ich kann nicht anders,* was wochenlange Polizeirecherchen in evangelisch-lutherischen Kreisen zur Folge hatte. Diesmal also *Blödian.* Das Profilerteam war aufgrund des Sprachduktus zu dem Schluss gekommen, dass der Täter irgendeinen Groll gegen seine Opfer hegte.

Nicht minder seltsam: Die Buchstaben waren immer aus Kartoffelsalat modelliert. Ausgesprochen leckerem Kartoffelsalat übrigens, zubereitet unter anderem mit Lauchzwiebeln, Kresse und Petersilie – und mit einer ganz offenbar selbst angerührten Mayonnaise. Es war, wie gesagt, sehr rätselhaft.

Der Regionalexpress fuhr pünktlich im Leipziger Hauptbahnhof ein. Siebzehn Minuten hatten Gunnar und seine Frau Zeit, in einen ICE umzusteigen, der sie nach Berlin bringen sollte.

Gunnar betrachtete wohlwollend die Architektur dieses, zumindest von der Fläche her, größten Kopfbahnhofs Europas. Hundertzwanzigtausend Reisende strömten dort an jedem Tag hindurch. An diesem denkwürdigen Mittag war indes auch einer darunter, der nicht angekommen war und der nicht abfahren wollte, der auch niemanden zum Zug bringen oder abholen wollte, sondern der einfach nur durch die große Halle rannte. Er hatte einen guten, ja, einen hervorragenden Grund für seine überhöhte Geschwindigkeit: Er rannte, weil er auf der Flucht war. Und er war auf der Flucht, weil er soeben in einem Elektronikfachgeschäft in den Bahnhofspromenaden einen nicht mal besonders hochpreisigen Blu-Ray-Player gestohlen hatte. Der Flüchtende hieß Mirko Seydewitz und war dreiundzwanzig Jahre alt. Gunnar registrierte Mirko Seydewitz bereits, als dieser noch am anderen Ende der Halle war. Mirko schoss an den Reisenden vorbei und stieß dabei den einen oder anderen zur Seite. Weiter hinten hatte ein dickleibiger Mann in einer Wachschutzuniform die Verfolgung aufgenommen. Es sah nicht so aus, als würde sich die Kraftanstrengung für ihn lohnen.

Kopfschüttelnd betrachtete Gunnar den jungen Mann, der den Karton fest in seinen Armen hielt.

Es war ziemlich einfach, den richtigen Moment abzupassen. Gunnar berechnete Geschwindigkeiten und Winkel, dann schleuderte er dem heranstürmenden Mirko seinen Rollkoffer vor die Füße. Mirko stolperte, aber weil er den Blu-Ray-Spieler nicht loslassen wollte, brach er taumelnd nach links aus, wo eine Rolltreppe zu den tiefer gelegenen Ebenen der Einkaufsmeile führte.

In letzter Verzweiflung riss der Dieb die Arme hoch und verabschiedete sich damit – wortlos zwar, aber doch mit einem sehnsuchtsvollen Blick in Richtung seiner davonfliegenden Beute, die in einem Bogen geradewegs auf Gunnar zusauste.

Es bereitete Gunnar keine Mühe, das Gerät sicher aufzufangen. Mirko Seydewitz hingegen bereitete es allergrößte Mühe, sein Gleichgewicht wiederzufinden. Es gelang ihm dann auch nicht und so stürzte er kopfüber und mit einigem Gepolter die Rolltreppe hinab.

Wie gut, dass ich regelmäßig an den Ballistikschulungen teilgenommen habe, dachte Gunnar. Kopfschüttelnd betrachtete er den eine Ebene tiefer zusammengekrümmt liegenden Mirko. Inzwischen hatte auch der Mann vom Wachschutz schnaufend die Rolltreppe erreicht. Er bekam kein Wort heraus, weil sein vegetatives System zu sehr damit beschäftigt war, Luft in die Lungen und wieder herauszupumpen.

»Wir müssen weiter, unser Zug fährt gleich ab«, sagte Gunnar grammatisch fehlerfrei, aber mit der bereits erwähnten, putzigen dialektalen Färbung, und drückte dem Wachschutzmann den Blu-Ray-Player und eine Visitenkarte in die Hand.

Tatsächlich mussten Gunnar und Susanne sich aufgrund der Verzögerung durch den kleinen Zwischenfall zügigen Schritts zum ICE begeben.

»Wir sollten auch mal wieder ein, zwei Tage in Leipzig verbringen«, sagte Gunnar, als sich der Zug mit einer Sanftheit in Bewegung setzte, die den Kriminalbeamten aus Schweden immer wieder erstaunte.

»Willst du was essen?«, fragte Susanne ihren Gatten, und weil der nickte, öffnete sie eine Tasche, zog eine Brotdose hervor, öffnete sie und reichte Gunnar eine Schnitte. Nachdenklich biss Gunnar ab und betrachtete das Graubrot.

Graubrot. Erneut schüttelte Gunnar den Kopf. Der Fall des Nilpferdkillers schien ihn überallhin zu verfolgen. Auch Graubrote spielten darin eine Rolle, wenngleich niemand bislang zu sagen vermochte, welche Rolle dies sein könnte. Fest stand nur, dass der Täter dort, wo die Toten einst Füße hatten, zwei Graubrote platzierte. Verrückter war wohl nur noch, dass er seinen Opfern stets die Ringfinger abgehackte und sie in die Nasenlöcher des Nilpferdkopfes steckte. Was sollten diese Brote bedeuten? Graubrote. In Bioqualität.

In Berlin mussten sie sich beeilen. Der ICE war nach der Lutherstadt Wittenberg eine Weile nur im Kriechtempo unterwegs gewesen, sodass die eigentlich komfortable dreiundzwanzigminütige Umsteigezeit auf eine gerade mal vierminütige zusammengeschrumpft war. Gunnars Frau machte so etwas nervös. Sie hasste es, zu hetzen, und hatte bereits in der Anfahrt auf die Hauptstadt geradezu mantrahaft »Das schaffen wir nie, das schaffen wir nie, niemals schaffen wir das« gemurmelt und darum keinen Blick für Berlins Sehenswürdigkeiten gehabt, die am Zugfenster vorbeizogen.

Gunnar hingegen stellte an sich eine fast schon pathetische Grundemotion fest, die ihn beim Anblick des Reichstagsgebäudes befiel. Wieder einmal dachte er: Hätte es diese seltsame Wiedervereinigung nicht gegeben, hätte ich niemals meine wunderbare Frau kennengelernt.

Diese wunderbare Frau bestieg soeben den Regionalexpress, was Gunnar einen Blick auf den Hintern der wunderbaren Frau ermöglichte. Da drehte sich die wunderbare Frau auch schon um und wollte ihm den Koffer aus der Hand nehmen, aber Gunnar lehnte ab. »Geht schon.«

»Das war knapp!«, schnaufte Gunnars Frau und strahlte ihren Gatten an, nachdem sich beide auf ihren Plätzen niedergelassen hatten.

Natürlich war es alles andere als knapp, denn der Zug setzte sich nicht planmäßig in Bewegung, als die Bahnhofsuhr auf 15:30 Uhr sprang. Er setzte sich auch nicht um 15:31 Uhr in Bewegung, ebenso wenig um 15:32 Uhr und auch nicht um 15:43 Uhr. Als der Regionalexpress schließlich um 15:44 Uhr mit gehörigem Ruckeln anfuhr, konnte Gunnar nicht anders: Er beugte sich zu seiner Frau und hauchte ihr ein »Das war knapp!« ins Ohr, wofür er einen zärtlichen Fausthieb in die Seite empfing, woraufhin er sich in maßloser Übertreibung krümmte, und zwar so lange, bis eine schräg gegenübersitzende, vielleicht fünfzigjährige Mitreisende das herumalbernde Pärchen missbilligend betrachtete.

Vermutlich lag es an der ausgelassenen Stimmung, in der Gunnar sich befand – jedenfalls wurde er nicht sofort aufmerksam, als sich vor dem Zugfenster eine durchaus dramatisch zu nennende Veränderung der Berliner Stadtsilhouette vollzog. Er bemerkte sie erst, als jene eben noch missbilligend dreinblickende Frau einen spitzen Schrei ausstieß. Ähnliche Schreie und Rufe ertönten kurz darauf aus mehreren Richtungen und gleich darauf stieß auch Gunnars wunderbare Frau einen erschreckten Ruf aus: »Gunnar! Schau!«

Und Gunnar schaute.

Und Gunnar sah.

Er sah eine Rauchwolke.

Eine Rauchwolke, die hoch- und höher stieg.

»Was ist das?«, hauchte Gunnars Frau.

»Eine Explosion«, Gunnar kniff die Augen zusammen. »Der Art des Qualms nach zu urteilen, tippe ich auf ein Gemisch auf Ammonsalpeterbasis.«

»Was heißt das?«, fragte Susanne atemlos.

»Das heißt, es würde sich um eine selbst gebaute Bombe handeln«, antwortete Gunnar düster. Er schloss die Augen und vergegenwärtigte sich den Berliner Stadtplan. Eine volle Minute saß er so da, dann öffnete er die Augen und sagte in fehlerfreiem Deutsch mit schwedisch-schonischem Akzent: »Wenn mich nicht alles täuscht, dann hat es einen Anschlag auf euren Bundestag gegeben.«

Der Regionalexpress entfernte sich schaukelnd vom Ort des Geschehens.

Gunnar blickte nachdenklich durch den gut gefüllten Waggon. Wer sich nicht die Nase an den Zugfenstern platt drückte, der sprach hektisch in ein Mobiltelefon, schrieb SMS oder E-Mails oder suchte per Smartphone oder Tablet-Computer im Internet nach Nachrichten. Wie von einer fremden Macht gezogen, schritt Gunnar langsam durch den Gang und betrachtete gedankenverloren einen jungen Mann mit gepflegtem Bart, der in der einen Hand ein Smartphone hielt und mit dem Zeigefinger der anderen Hand auf dessen Bildschirm herumdrückte.

Gunnar schüttelte den Kopf: Was für ein Urlaub! Die Prügelei, die Babynazis, der Kaufhausdieb, nun der Terroranschlag und – quasi als lebendiges Damoklesschwert ständig über ihm präsent – der Nilpferdkiller.

Gunnar stutzte. Er schloss erneut seine Augen und rief die Szene auf, die er vor Sekunden gesehen hatte. Der flinke Zeigefinger des jungen Manns auf dem hochauflösenden Display.

Gunnar vollzog die Bewegungen des Zeigefingers nach. Konnte es möglich sein? War es … ja! Kein Zweifel!

Wie gut, dass ich regelmäßig an den Schulungen zum Thema subliminale Wahrnehmung teilgenommen habe, dachte Gunnar.

Er öffnete die Augen.

Der bärtige Mann starrte ihn an.

Gunnar hob den Blick schnell zur Gepäckablage.

»Du hast als Einziger nicht aus dem Fenster geschaut«, sagte Gunnar. »Du hast eine SMS getippt. Wenn ich mich nicht irre, hast du die Wörter *the work is done* getippt.« Gunnar vollführte die flinken Bewegungen nach. T-h-e-Leerzeichen-w-o-r-k-Leerzeichen-i-s-Leerzeichen-d-o-n-e. »Kann das sein? Habe ich recht?«

Der bärtige Mann antwortete nicht, aber Gunnar genügte, was er sah: Das Gesicht des jungen Mannes lief knallrot an!

Gunnars Faust schnellte nach vorne und traf den Bärtigen präzise, der daraufhin ohnmächtig in seinem Sitz zusammensackte.

Gunnar griff zur Gepäckablage und zog den Rucksack herunter. Er öffnete ihn. Der einzige Inhalt war ein Notizbuch und eine Anderthalbliterflasche Mineralwasser medium. Gunnar schlug das Notizbuch auf. Arabische Schriftzeichen. Wie gut, dass ich regelmäßig an den Sprachschulungen teilgenommen habe, dachte Gunnar und las:

Flug von Islamabad nach Frankfurt, mit dem Zug nach Berlin-Hauptbahnhof, Friedrich-List-Ufer, Richtung Washingtonplatz, Gustav-Heinemann-Brücke, dann links Richtung Paul-Löbe-Allee. Weiter zum Bundestag. Bombe irgendwo drinnen verstecken, gleich wieder abhauen, Regionalexpress um 15:30 Uhr nach Rostock nehmen. (Achtung! Lokführer ist einer von uns und wartet, wenn nötig.) In Rostock steht Hazim bereit und bringt dich mit einem Boot weg.

Gunnar schüttelte den Kopf und betrachtete den zusammengesunkenen Attentäter. Dann zückte er sein Handy und wählte die Nummer seines alten Freunds Helmut beim Bundeskriminalamt in Wiesbaden.

Er hatte gerade aufgelegt, als sein Handy erneut vibrierte. Wieder eine SMS von Kjell. Gunnar las sie mehrfach, aber es war mühsamer, ihren Sinn zu deuten, als zuvor die arabischen Zeichen zu übersetzen.

Auf dem Display stand: *Gunnar, sie haben dich gerade rausgeschmissen, die Pappnasen. Weil du den Nilpferdfall nicht in den Griff kriegst. Svensson, der Arsch, ruft dich wahrscheinlich gleich an. Wollte dich vorwarnen. Gruß, Kjell.*

Gunnars wunderbare Frau beendete gerade das Gespräch mit der Dame schräg gegenüber und gesellte sich wieder zu ihrem Mann.

»Wen hast du denn da eben angerufen?«, fragte sie.

»Hm? Ach. Es war nichts Wichtiges.«

»Ging es wieder um diesen Nilpferdmörder?«

»Was? Nein … ja … ach, vergiss es.« Gunnar atmete tief ein. Einen Moment lang war er versucht, gleich nach Schweden weiterzureisen. Er würde sich Svensson, den Arsch, schnappen und ihm eine reinhauen. Voll auf die Zwölf! Dann dachte er: Die können mich mal! Penner, allesamt! Mach ich mich eben selbstständig. Es gab genügend Anfragen von Unternehmen – von weltberühmten Unternehmen! –, die ihn als Sicherheitsberater engagieren wollten.

»Ich habe jetzt Urlaub«, brummte er.

»Stimmt«, sagte seine wunderbare Frau. »Willst du noch ein hart gekochtes Ei?«

Gunnar nickte. Seine wunderbare Frau reichte ihm ein Ei, und während Gunnar es schälte, hielt sie ihm ihre schlanke Hand entgegen, sodass Gunnar die Schalen hineinlegen konnte.

... in einer Umfrage der *Allianz pro Schiene*
90 % von 600 befragten Zugbegleitern schon einmal
im Dienst beleidigt oder genötigt wurden?
Jeder vierte wurde Opfer physischer Gewalt.

RE Biessenhofen – München

Nicola Förg

Der Blumenkavalier

Auch diese hier waren unförmig, sie nahmen einen völlig geraden Verlauf, wie Elefantenbeine, die Partie zwischen Knie und Knöchel verlief ohne jeden Schwung. In jeglichen Formen hatte er sie nun schon bestaunen dürfen und ästhetisch waren die wenigsten gewesen. Am Boden inmitten von blanken Waden war seine Position – anders als man vielleicht hätte annehmen können – nicht der Traum eines jeden Mannes. Die Perspektive bescherte ihm Einblicke, auf die er gerne verzichtet hätte.

Schon im Hineinquetschen in den völlig überfüllten Zug war er versucht gewesen, den Dirndlträgerinnen zuzurufen: »Gibt's das auch in deiner Größe?« Was man den Burschen auch hätte sagen können, denn entweder spannten die Krachledernen am Wanst oder aber das Mannsbild hatte keinen Arsch in der Hose.

Und dann war Gerhard Weinzirl auch wirklich nicht vorbereitet gewesen. Gut, man konnte ihm Blauäugigkeit vorwerfen oder zumindest ein gewisses Ausblenden der Realität um ihn herum. Immerhin war die wichtigste Zeit im Jahr, die ganze Welt zu Gast. Und alle waren im Wiesn-Taumel ...

Natürlich hätte man sich denken können, dass die Züge aus dem Süden des Freistaats überquollen mit all jenen, die willig waren, sich systematisch mit dem traditionellen Gerstensaft druckzubetanken. Aber er war hier in Biessenhofen. Offensichtlich mit einem Weltbahnhof ausgestattet, auf dem Sonderzüge zur Wiesn abfuhren. Das hatte Gerhard Weinzirl nicht gewusst. Auch der Zug aus Füssen und Marktoberdorf hätte sich hier entleeren sollen und seine – zur frühen Morgenstunde bereits trunkene – Fracht entlassen, wäre nicht eine Zugbegleiterin zusammengesackt und hätte ihr Leben zwischen zwei Waggons ausgehaucht. Das hatte ein Arzt festgestellt, der als Pendler auf dem Weg nach München war. Ein Urologe im Klinikum Großhadern, nun ja, den Tod würde so ein Blasen- und Prostata-Mann ja ebenfalls feststellen können. Der Herr Doktor wirkte etwas verloren zwischen all den almerisch Verkleideten, so wie wenige andere Nichtmaskierte, die aus der Menge der Bierwütigen herausstachen: säuerlicher Gesichtsausdruck, die Taschen und Rucksäcke fest umklammert. Sicherlich verfluchten sie diese zwei Wochen, denn der Weg zur Arbeit wurde täglich zur Fahrt mit der Geisterbahn – mit einer bumsvollen Geisterbahn ...

Gerhard Weinzirl rappelte sich hoch aus seiner knienden Position zwischen der ersten und zweiten Klasse. Die Zugbegleiterin vor seinen Füßen war etwa fünfundzwanzig, hatte blondierte Haare über sehr dunklem Ansatz und krallenartige Fingernägel. Wie konnte man damit bloß einen Scanner bedienen?

Gerhard blickte umher. In der ersten Klasse saßen Japaner, die wohl von den Königsschlössern bei Füssen kamen und ihre allbayerischen Europaeindrücke auf der Wiesn zu vervollständigen gedachten. Sie trugen mehrheitlich Mundschutz und blaue Plastiküberzieherli über den Schuhen. Der Reiseleiter hatte die Kameras der ganzen Gruppe umhängen. Diese Japaner saßen da mit angstgeweiteten Augen – soweit man das bei Japanern überhaupt sehen konnte.

Gerhard lief der Schweiß den Rücken hinunter, die Haare klebten ihm im Nacken und an den Schläfen, es war affenheiß, kein Wunder bei jetzt in der Frühe schon fünfundzwanzig Grad Außentemperatur und inmitten dieser vor sich hin schweißelnder Leiber.

Der zweite Zugbegleiter war nämlich ein ganz pfiffiger gewesen. Er hatte beschlossen, die Türen in Biessenhofen nicht zu öffnen, damit der Mörder nicht entkommen konnte. Wahrscheinlich hatte der Mann zu viel *Mord im Orientexpress* gelesen – aber das hier war nicht der Orientexpress, der Schaffner war nicht Poirot und wie kam der Mann darauf, dass es sich um Mord handelte? Bloß weil die Zugbegleiterin darniedergesunken war? Es gab genug Gründe wegzusacken, allein die Luft hier drin würde genügen, dachte Gerhard. Das Problem war nur eben das unwesentliche, dass die Türen nun wirklich nicht mehr aufgingen. Gerhard Weinzirl und seine Kollegin waren durchs Führerhaus eingelassen worden, raus kam keiner mehr.

Gerhard hasste die Bahn. Wann immer er sich einem öffentlichen Verkehrsmittel näherte, passierte Schauerliches. Mehrfach hatte er versucht, von Weilheim an den Münchner Flughafen zu gelangen. Es hatte Personenschäden gegeben. Oder eine Weiche war blockiert gewesen und man war dann über Mering nach Augsburg und von dort nach München gefahren – mit einer Stunde Verspätung und einem längst entschwebten Flieger. An der Hackerbrücke hatte er den Fliegerbombenalarm miterleben dürfen, durch den er stundenlang eingepfercht gewesen war. Sein Flieger war auch in dem Fall ohne ihn aufgestiegen und mittlerweile schon wieder gelandet, als Gerhard am Flughafen angekommen war. Beim letzten Versuch einer öffentlichen Münchenreise waren die Türen aparterweise nicht mehr zugegangen und der Zug hatte, kaum in Weilheim Oberbayern aus dem Bahnhof gerollt, auch schon wieder gehalten. Zehn Minuten. Nichts. Dann fünfzig Meter Rollstrecke. Wieder nichts. Wie immer hatte die Bahn jede Information ihrer Fahrgäste vermieden. Information hasste die Bahn wie der Teufel das Weihwasser. Beherzt hatte Gerhard dann in Unterhausen den Sprung aus dem Zug gewagt. Das durfte man zwar nicht, aber er war die Polizei, oder?

Jedenfalls empfand er Türen, die nicht schlossen, als weit weniger bedrückend als solche, die nicht mehr aufgingen. Es machte sich im Volk auch eine gewisse Ungehaltenheit breit, die auch dadurch genährt wurde, dass viele der Reisenden vorgeglüht hatten. Als ihm einer vor die Schuhe spie, wusste er erst recht, warum er sowohl die Bahn als auch die Wiesn mied. Er schaffte es, sich bis ins Dienstabteil vorzuarbeiten. Mit ihm die Kollegin Evi und der Pfiffige, dessen Dialekt auch ohne die stickige Luft und den Schweiß-Bier-Knoblauch-Gestank Brechreiz hervorrief. Auf dem Tisch stand eine Vase mit gelben Blumen. Gerhard schnupperte daran, einen tiefen Zug tat er, doch er roch eigentlich nichts. Genervt zerrieb er ein Blatt zwischen seinen Fingern, während Zugbegleiter Kevin weiter schwadronierte. Konnte man einen Ohrenkollaps bekommen? Bestimmt!

Schließlich stellte Kevin einen Kaffee vor Gerhard ab. Und einen Muffin. Blümchen und Kaffeekränzchen, nett hatten die es hier, der Kevin und Kollegin Mandy, die nur leider den Lebensodem ausgehaucht hatte. Was also tun? Gerhard forderte Verstärkung an, denn wenn der Zug mal verrammelt war, konnte man auch Personalien aufnehmen. Und so wurden stundenlang Menschen einer nach dem anderen durch die Lücke einer aufgestemmten Tür entlassen, am Ende hatten sie achthundertsiebenundachtzig Namen erfasst, die zwei Waggons voller Japaner hatten sie ignoriert.

Als Gerhard wieder im Büro ankam, war es später Nachmittag. Er hatte sich ungefähr tausend Mal »Bullenschwein« angehört, Evi ebenso oft »blöde Bulette« – klar, sie hatten den Trinkeinsatz auf der Wiesn vereitelt. Dreiundfünfzig Menschen waren bedauernswerte Pendler gewesen, die ihren Arbeitsplatz nun sehr spät erreicht hatten, im Gegensatz zu den Dirndl- und Lederhosenkasperln waren die aber noch recht umgänglich gewesen. Gerhard hatte Evi gebeten, mal eine Extraliste von den Pendlern anzufertigen – denn je nachdem, was die Gerichtsmedizin über Mandy so zu berichten hatte, würden die Fahrgäste, die öfter im Zug waren, ja eventuell auch Mandy kennen. Gerhard hatte scheußliches Kopfweh, ihm war ziemlich blümerant.

Anderntags hatten sie das Ergebnis vorliegen: Schaffnerin Mandy war an akutem Leberversagen gestorben. Wobei der Mediziner eine Vorschädigung attestierte. War Mandy Schwerstalkoholikerin gewesen? Kevin verneinte das – nein, im Gegenteil, die Kollegin hatte als echte Gesundheitsfanatikerin auf Alkohol und Kaffee verzichtet! Sie nahm nur Kräutertee und gesunde Kost zu sich – der Rest der Sippschaft der Kollegin hatte nämlich über Generationen Entziehungsheime im Raume Dessau bevölkert. Die Mandy sei vorgeprägt gewesen, ein gebranntes Kind in einer Alki-Familie. Ja, ja, der Kevin erzählte und erzählte. Bloß nichts zum fraglichen Tag des Ablebens der guten Mandy. Da hatte Kevin gar nichts gesehen, war ja auch so voll gewesen im Regiozug. Allein hatte sie auch gelebt, recht zurückgezogen in einer winzigen Wohnung in Mering bei Augsburg. Hatte den Kevin nie eingeladen. Das machte sie in Gerhards Augen posthum noch sympathisch. Diese Wurst, die kein Deo zu kennen schien, hätte er auch nicht eingeladen.

Mit Kollegen aus dem Augsburger Zuständigkeitsbereich hatten sie Mandys Wohnung angeschaut. Nichts, außer Tofu im Kühlschrank, Sojadrinks und verwelkten Blumen. Auch wieder so gelbes Zeug, wahrscheinlich hatte sie einen Gelbtick gehabt, die Mandy. Es gab mehrere Sträuße in unterschiedlichem Zustand der Trocknung und Verwesung.

»Na, das muss aber Liebe sein«, meinte einer der Kollegen.

Gerhard gelang es, ein »Häh?« zu unterdrücken und »Wie bitte?« zu artikulieren. Und der Kollege führte aus, dass die Bewohnerin sicher sehr verliebt gewesen war, wenn sie alle diese Sträuße aufgehoben habe. Von so 'nem gelben Kraut. Die Idee hatte was, das Zeug war ja wirklich nichts Besonderes, wenn es sich wenigstens um langstielige Rosen handeln würde, befand Evi und knipste eine der Blumen ab.

Danach zurück zu Kevin. Ach so, ja, die Mandy hatte einen Verehrer im Zug. Einen jungen Mann, der ihr immer Blumen mitgebracht hatte. Der war immer von Marktoberdorf nach Augsburg gefahren. Kevin hatte ihn ja ziemlich penetrant gefunden, aber die Mandy ... Bevor Kevin noch weiter seine Hörorgane beleidigen würde, unterbrach Gerhard mit der Frage, ob der Mann auch im Zug gewesen war. Am Tag X. Das wusste Kevin nicht. Es war ja so voll gewesen ...

Sie durchforsteten die Listen. Am Ende kamen nur vier Männer infrage, die als Gelbblumenkavalier hätten auftreten können. Nummer eins bekam bei der Frage, ob er einer Zugbegleiterin Blumen schenken würde, einen solchen Lachkrampf, dass Gerhard schon Angst hatte, der Mann würde ersticken. Auch der zweite und dritte amüsierten sich köstlich. Gerhard verstand diese Männer ja. Wer bitteschön würde eine Frau, die bei der DB arbeitete, lieben können? Politessen liebte auch keiner und Mandy war eine Frau mit Dessauer Slang gewesen, die die meiste Zeit Verspätungen und Personenschäden melden musste. Wenig sexy.

Numero vier war nicht zu Hause. Von der Nachbarin in einem gesichtslosen Block unweit des *Modeon* in Marktoberdorf erfuhren sie, dass Severin Student war und so was von fleißig! Er arbeitete bei *Fendt* sooft es ging Spätschichten. Er gab Schülern Nachhilfe, nur um sein Studium der Informatik in Augsburg zu finanzieren. Ob er Blumen gemocht hatte, das wusste die Nachbarin nicht, aber immerhin hatte sie ein Foto vom Severin. Eins vom Hoffest. Hübscher Bursche. Unschlüssig stand Gerhard in Marktoberdorf am Bahnhof herum, bis er eine Eingebung hatte. In der Bäckerei fragte er nach Severin. Klar, der hatte immer eine Butterbreze gekauft. Und klar: Der hatte ganz oft Blumen dabeigehabt. Gelbe, jawohl. Er war nach Augsburg zum Studieren gefahren, jetzt in den Semesterferien fuhr er auch ab und zu. Weil er doch einen Job als Hilfswissenschaftler an seinem Institut hatte. Diese Dame war aber gut informiert! Wahrscheinlich hatte sie auch ein Auge auf ihn geworfen, aber der Severin hatte ja die Dessauer Mandy vorgezogen. Und schwupps hatte sie die Rivalin …

Und als Gerhard gerade so nachsann, kam ein Anruf von Evi. »Hast du dir die Finger gewaschen?«

»Häh?« Evi war eine Kollegin – zum letzten Mal hatte ihn seine Oma gefragt, ob er vor dem Mittagessen die Finger gewaschen hätte. Das lag etwas zurück. Aber Evi hatte das gelbe Gewächs, das sie in Mandys Wohnung mitgenommen hatte, mal einer blumenaffinen Person gezeigt und die war aufgeschreckt. Die Person war die Kollegin Melanie gewesen, die vor allm eins hatte: einen Pferdetick und angesichts des gelblichen Gewächses die Finger gekreuzt. Das war Jakobskreuzkraut, eine Pflanze, die hohe Mengen Pyrrolizidin-Alkaloid enthielt. Gelangte das Zeug ins Heu, konnten Pferde daran sterben. Nun ja, das war wahrscheinlich bedauerlich für die Vierbeiner, zu denen Gerhard allerdings wenig Affinität hatte. Aber Evi erklärte ihm, dass das Kraut auch für Menschen giftig sei. Wer es ausrupfte, sollte Handschuhe tragen, und es konnte sehr wohl sein, dass Gerhard deshalb Kopfweh bekommen hatte. Nicht wegen des Endlosgeplappers von Müffel-Kevin.

Gerhard war platt und eilte ins Büro. Und war noch platter, was Melanie alles wusste. Verwandte des Jakobskreuzkrauts hatten in Afghanistan durch kontaminiertes Getreide Massenvergiftungen mit Tausenden von Toten ausgelöst und in Ägypten zu massiven Leberschäden bei Kleinkindern, die mit belasteter Ziegenmilch gefüttert worden waren, geführt. In Deutschland war das gemeine Kreuzkraut, das wirklich saugemein war, in den Fokus geraten, als es in Salatpackungen gefunden worden war. Rucola nicht unähnlich.

Aber nur vom An-der-Blume-Schnuppern wäre Schaffnerin Mandy nicht gestorben, das schien sicher.

Schließlich erwischten sie Severin am Bahnhof. Der gar nicht leugnete, die Blumen mitgebracht zu haben. Die wuchsen bei ihm ums Eck auf einer Brache. Severin war betroffen angesichts der Giftigkeit dieser Pflanzen. Die Blüten hatten doch so schön ausgesehen. Er weinte bitterlich um Mandy, wo er doch das Gefühl gehabt hatte, dass sie ihn endlich erhören würde. Steter Tropfen und so weiter. Nun ja, stetes Blumenaufdrängen hatte weniger den Stein gehöhlt, als die Frau total eliminiert. Der Student hatte geliebt und dadurch womöglich getötet. Evi tat er leid. Was musste der arme Kerl jetzt durchmachen!

Es blieb rätselhaft, höchst rätselhaft. Später wusste Gerhard gar nicht genau, warum er das tat, aber er fuhr nochmals nach Marktoberdorf an den Bahnhof. Schlenderte über den Bahnsteig. Lächelte eine alte Dame an, die retour lächelte.

»Sie sind der Kommisär, gell?«

Sie hatte nämlich auch im Wiesnzug gesessen, überhaupt war sie häufig in dem Zug, weil sie mehrfach die Woche nach Augsburg zu ihrer Schwester fuhr, die Hilfe brauchte und weit weniger rüstig war.

»So eine Tragödie, gell! Das arme Fräulein Mandy.«

»Ja, schlimm«, meinte Gerhard.

»Der arme Severin, gell!«

»Sie kennen den jungen Mann?«, fragte Gerhard überrascht.

»Ja, vom Gartenbauverein. Ist ja ein wandelndes Lexikon, was Pflanzen betrifft, der Severin. Hat zuerst Biologie studiert, vor diesem Zahlenkram.«

Gerhard starrte die Frau an. »Und Sie haben gesehen, dass er ihr oft gelbe Blumen mitgebracht hat?«

»Ja sicher.«

»Was waren das denn für Blümchen?«

»Na, ich denk Topinambur oder Wiesenpippau«, sagte die Dame. »Ist doch reizend, wenn ein junger Mann noch Blumen selber pflückt. So was ganz Natürliches, gell.«

»Ja, reizend, der Severin.«

»Gell, und wissen Sie was?«

»Nein.« Gerhard unterdrückte jeden Impuls loszubrüllen.

»Er hat die Mandy öfter mal seinen Wildkräutertee kosten lassen. Das hat sie schon beeindruckt. Ein Mann, der Tee trinkt, nicht bloß Bier.«

Ihr Blick verdunkelte sich. »Und wissen Sie was?«

»Nein ...«

»Ich wollte auch mal kosten. Da hat der mir die Thermosflasche aus der Hand gerissen. Einer alten Dame gönnt der nicht mal einen kleinen Schluck!«

Gerhard bedankte sich. Das Geplauder plätscherte noch etwas dahin, während Gerhard nur ›Wildkräutertee‹ hörte. Der einfahrende Zug ratterte monoton. Kräuter, Kräuter, Jakobskreuzkräuter ...

Severin entpuppte sich als harter Brocken, bis er endlich gestand. Monatelang war er völlig übermüdet nach Augsburg gefahren. Zwischen all seinen Schichten, Job und Prüfungen nutzte er die Fahrt im Zug als Erholungsphase. Und jeden Tag hatte die schnarrende Stimme von Mandy ihn fast in den Wahnsinn getrieben. Immer wenn er eingenickt gewesen war, hatte sie seine Monatskarte sehen wollen. Dabei wusste sie doch, dass er eine besaß. Da war ein Plan in ihm gereift. Der fast geklappt hätte.

»Wissen Sie, wie sehr so ein Dialekt wehtun kann?«, fragte Severin flehentlich. »Und wissen Sie, dass Schlafentzug Folter ist? Und dann noch diese Züge voll mit Besoffenen. Da hab ich mal etwas stärkeren Tee gekocht.«

Doch, das verstand Gerhard zu gut. Er hatte in Gedanken den Bahnchef schon Hunderte von Malen ermordet. Und dazu alle Kevins und Mandys. Aber eben nur in Gedanken. Und Evi verstand das mit dem Schlafentzug auch so was von gut! Aber mildernde Umstände würde es für den Blumenkavalier doch nicht geben. Leider – aber das durfte man als Kriminaler wirklich nur sehr insgeheim denken!

... im erzkatholischen Italien für den Bau des Hauptbahnhofs
in Venedig eine Kirche weichen musste?
Die Kirche *Santa Lucia* wurde 1861 abgerissen
und gab dem Bahnhof seinen Namen.

Frankfurt Flughafen – München – Venedig

Jutta Profijt

Heute ohne Wagen 22

Frankfurt Flughafen Fernbahnhof, 11:33 Uhr
Der Mann stand ruhig da und zeigte keine Regung, ganz
im Gegensatz zu den anderen Reisenden, die laut murrten.

»Ach je, Hans, unser Waggon ist nicht dabei. Dürfen wir
dann überhaupt fahren?«, jammerte eine Dame mit toupier-
tem Haar in Mausgrau, während ihr Begleiter in Beige die
Platzreservierung aus der Tasche nestelte und verunsichert
zur Anzeigetafel blickte.

Der Mann, nennen wir ihn Viktor – denn irgendeinen
Namen sollte er haben, sonst erzählt sich die Geschichte so
schlecht –, Viktor also stand reglos da, in seinem Kopf jedoch arbeitete es. Dabei fürchtete er nicht um seinen Kom-
fort. Zur Not würde er die ganze Strecke stehen, denn er
war in Topform.

Aber wie würde er seinen Kontaktmann finden? Es war
kein Familienmitglied, denn die Familie war aufgefallen und
wurde vermutlich beobachtet. Stattdessen würde er einen
Fremden treffen. Einen, der im Wagen zweiundzwanzig auf
Platz Nummer sechsundvierzig sitzen und ihm den Ort

nennen würde, an dem das Präzisionsinstrument auf ihn und seinen Einsatz warten würde.

Frankfurt Flughafen Fernbahnhof, 11:37 Uhr

»Willkommen im ICE 623 auf dem Weg nach München«, ertönte eine Durchsage. »Unser nächster Halt ist in Kürze Frankfurt Hauptbahnhof. Dort werden alle vorgesehenen Anschlusszüge erreicht. Nächster Halt: Frankfurt Hauptbahnhof.« Die Lautsprecher schalteten sich ab.

Viktor überlegte, ob die Leitung zusammengebrochen war, bevor der Zugbegleiter einen Hinweis darauf geben konnte, wie mit dem Problem des fehlenden Wagens zu verfahren war. Oder verschwieg er es absichtlich? War es das, was sein Großvater meinte, als er sagte, dass Viktor sich in Europa wundern würde?

Der Lautsprecher knackte erneut. »Leider sind wir heute ohne Wagen zweiundzwanzig unterwegs. In den Wagen fünfundzwanzig und siebenundzwanzig befinden sich aber noch ausreichend freie Plätze.«

Gut, dachte Viktor, als der Gang sich leerte. Er selbst würde bleiben und in Wagen dreiundzwanzig seinen Kontaktmann suchen. Wenn Wagen zweiundzwanzig fehlte, nahm man den nächsten. Logisch.

Kurz vor Frankfurt Hauptbahnhof, 11:49 Uhr

Viktor beobachtete, wie der Mann sich auf Platz sechsundvierzig fallen ließ. Er hatte eine ältere Dame rüde zur Seite gestoßen, um den frei gewordenen Platz einzunehmen. Wer sich so gezielt und unhöflich verhielt, tat das wohl nicht grundlos.

Viktor verkniff sich ein Lächeln. Er war sicher, den Grund zu kennen.

Frankfurt Hauptbahnhof, 11:52 Uhr

»Wie bitte? Sollen wir jetzt bis München stehen, oder was? Ach, Scheiße!«

Der junge Mann, der diese Tirade mit leicht schleppender Zunge und fuchtelnden Bewegungen hervorgestoßen hatte, blickte Zustimmung heischend um sich. Seine Begleiter nickten – bis auf den Kleinen, der sich das Bier vom Jackett wischte, das aus der Flasche des Lamentierers herausgeschwappt war.

»Reg dich ab, Torsten, und pass auf deinen Fusel auf.« Die Stimme des Kleinen war leise, aber kristallklar. Entweder hatte er noch keinen Alkohol getrunken oder er vertrug mehr als Torsten.

»Mach dich nicht nass, Rommy, der Anzug sieht eh scheiße aus«, lallte Torsten.

»Du machst ihn nass«, korrigierte grinsend ein Rothaariger.

Weitere Diskussionen wurden von der Ankunft des Zuges unterbrochen. Die vier jungen Männer in dunklen Anzügen, dunklen Hemden, dunklen Krawatten und mit Sonnenbrille stiegen mitsamt Handgepäck und Alkoholfahne ein.

Kurz vor Aschaffenburg Hauptbahnhof, 12:15 Uhr

»Entschuldigung, ist der Platz neben Ihnen noch frei?«, fragte Viktor den Mann auf Platz sechsundvierzig. Er war stolz auf seine Aussprache. Sein Großvater hatte in der Kriegsgefangenschaft Deutsch gelernt, war dann aber später doch lieber nach Amerika gegangen. »Europa ist immer noch faschistisch«, pflegte er zu sagen. »Die Deutschen hassen jetzt die Asylanten, die Franzosen hassen immer noch die Juden, die Italiener sind so kriminell, da braucht es gar keinen Feind, und die Engländer ...« An der Stelle verstummte er regelmäßig und tippte sich mit dem Finger an die Stirn. Viktor nickte, obwohl der Großvater sicher ein wenig übertrieb. Aber die europäischen Sprachen, die lernte Viktor mit Hingabe von *Djeduschka*. Diese Begabung hatten sie beide und sonst niemand in der Familie. Deshalb war Viktor mit dieser Reise betraut worden.

»Hast du was auf den Augen, Mann?«, fragte der Mann auf Platz sechsundvierzig.

Natürlich sah auch Viktor, dass der Platz neben dem Mann besetzt war, aber die Frage war das Codewort.

»Der Platz ist also nicht frei?«, hakte Viktor nach.

»Verpiss dich, Arschloch.«

»Danke sehr«, sagte Viktor höflich, denn er wollte um keinen Preis auffallen.

Aschaffenburg Hauptbahnhof, 12:24 Uhr

Der ungehobelte Klotz von Platz sechsundvierzig war ausgestiegen. Nun saß Viktor auf dem frei gewordenen Sitz. Seine Mission war in Gefahr, wenn er die Lieferung nicht innerhalb der nächsten achtundneunzig Minuten bekam, denn in Nürnberg stieg der Lieferant aus. Viktor hatte keine Kontaktmöglichkeit, damit die Polizei, sofern sie jemals auf die Spur der Familie käme, keinerlei Verbindung zwischen Viktor und dem Lieferanten finden würde. Das erwies sich jetzt als Nachteil.

Kurz hinter Aschaffenburg, 12:28 Uhr

»Also Jungs, die Aufgabe lautet, den Kontaktmann zu finden.« Torsten blickte triumphierend um sich.

»Welchen Kontaktmann?«, fragte der Rothaarige. Er musste ein Aufstoßen unterdrücken.

Torsten grinste. »Der Vater der Braut ist, wie wir alle wissen, ein bekannter Mafioso ...«, der Kleine, den Torsten Rommy genannt hatte, verdrehte die Augen, »... und hat

unserem Kleinen hier eine ganz besondere Mitgift verspro-
chen. Die ist natürlich total illegal, daher geheim und wird
von einem Kontaktmann übergeben.«

Der Rothaarige und sein unscheinbarer blonder Nebenmann nickten.

Rommy nickte nicht. »Was ist das für eine bescheuerte
Geschichte? Und wer ist der Kontaktmann?«

Torstens Grinsen bröckelte. »Mann, Rommy, jeder Junggesellenabschied hat ein Thema, jeder Teilnehmer bekommt
eine Aufgabe. Wir suchen den Kontaktmann. Ich weiß selbst
nicht, wer es ist, den hat deine Schwester organisiert.«

Rommy stöhnte.

»Genau!«, rief der Blonde. »Die Details sind egal. Wir suchen den Kontaktmann und der muss uns etwas übergeben.
Bin schon gespannt, was es ist!«

Torsten und der Blonde klatschten sich ab.

»Sinas Vater ist Italiener«, sagte Rommy, der eigentlich
Romeo hieß und sowohl seine Schwester als auch seinen
Spitznamen hasste wie die Pest. »So wie mein Vater. Aber
niemand von uns ist ein Mafioso.«

»Nun sei nicht so zimperlich. Ihr seid doch alle irgendwie …«

Rommy wandte sich ab und blickte aus dem Fenster auf
die dahinrasende Landschaft. Er hätte schon bei der Kleider-
ordnung Einspruch erheben müssen – oder der Reise gar
nicht erst zustimmen dürfen. Er schloss die Augen, als die
anderen ausschwärmten.

Auf offener Strecke zwischen Aschaffenburg und Würzburg,
12:32 Uhr

Viktor hatte sich entschieden: Er würde durch den ganzen
Zugteil mit den Zwanzigernummern gehen und die Augen
nach seinem Kontaktmann offen halten. Irgendwie würde

man sich schon treffen. Er griff nach seiner Ledertasche, die er zwischen den Füßen abgestellt hatte, und wollte aufstehen, als ein Mann in einem dunklen Anzug neben ihm stehen blieb.

»Kann es sein, dass wir uns kennen?«, fragte der Mann.

Viktor erstarrte. Der Mann hatte das Codewort nicht benutzt, aber andererseits war die Frage nach dem Sitz auch Viktors Codewort und nicht das des Lieferanten. Der Lieferant hätte antworten sollen, dass Angelina Jolie leider nicht mit ihm reisen wollte. Nun war aber die Situation undurchsichtig, daher beschloss Viktor, die Sache unter vier Augen zu besprechen.

»Lass uns nach vorn gehen«, schlug er vor.

Der Rothaarige, der ihn angesprochen hatte, murmelte »*capito*« und schlug sich mit der Faust in die Handfläche. Viktor runzelte die Stirn.

Im Abteil des Zugbegleitpersonals des ICE 623, 12:35 Uhr

Marion Herholz nahm die dritte Kopfschmerztablette seit Köln und verrieb Pfefferminzöl auf ihren Schläfen und unter der Nase. Die Hochgeschwindigkeitsstrecke zwischen Köln und Frankfurt verursachte ihr immer wieder Übelkeit und an manchen Tagen wurde eine echte Migräne daraus. Heute war so ein Tag. Dann auch noch die genervten Reisenden, die sich über den fehlenden Wagen beschwerten …

Marion seufzte. Bis München musste sie durchhalten. Ein Blick zur Uhr: noch zweieinhalb Stunden. Auf in den Kampf.

Im Einstiegsbereich des Wagens, direkt neben den Gepäckfächern, drehte Viktor sich zu dem Rothaarigen um. Alkoholgeschwängerter Atem schlug ihm entgegen.

»Nun, was haben Sie für mich?«, fragte der Rothaarige.

»Die Summe ist wie vereinbart«, antwortete Viktor. »Wo ist …?«

Der Rothaarige grinste bis über beide Ohren. »Yeah! Da lang!« Er zeigte ans andere Ende des Waggons.

Er hat eindeutig getrunken, dachte Viktor. Sehr unprofessionell.

Der Großvater hatte nichts davon gesagt, dass die Moral in Deutschland so schlecht war. Aber aus irgendeinem Grund war ja auch Vlad während seines Besuches beim Onkel ausgerastet. Er hatte wegen einer Weibergeschichte den Sohn eines italienischen Capos erschossen. Und dann geschah das Ungeheuerliche: Er sagte sich von seinen Geschäften und von der Familie los, um mit der Frau, die der Grund für den Streit gewesen war, ein ›ganz normales Leben‹ zu führen – in München, der deutschen Metropole mit italienischem Flair, wie Vlad sich ausgedrückt hatte!

Um den Spaghettifresser war es nicht schade, dachte Viktor. Die Italiener waren nicht hart genug, dachten ständig an Frauen, Essen, Alkohol und den Schnitt ihrer Anzüge. Italienische Dekadenz in einer Branche, in der russische Härte angemessen war. Viktor war froh, dass er, sobald er Vlads Kündigung endgültig gemacht hatte, Europa schnell hinter sich lassen würde.

Viktor und der Rothaarige drängelten sich durch die Sitzreihen, stiegen über im Weg stehende Gepäckstücke hinweg und gelangten in den Vorraum. Schnell scannte Viktor die Reisenden, die sich hier aufhielten.

Ein kleiner Typ mit Sonnenbrille fiel Viktor auf. Er war, genau wie der Rothaarige, gekleidet wie eine Gangsterparodie und noch dazu unaufmerksam. Mit geschlossenen Augen ließ er sich von den Bewegungen des Zuges hin und her schaukeln. Wer hatte bloß diese Schießbudenfiguren engagiert?

Der Lieferant sollte allein kommen, der zweite Mann stellte eine Gefahr dar. Neben Viktor öffnete sich eine Tür und instinktiv reagierte er. Er fasste den Rothaarigen an der Kehle, sodass er nicht schreien konnte, und drängte ihn in die Türöffnung. Eine schrille Frauenstimme quiekte etwas, aber Viktor schob sich selbst durch die Tür, zog sie zu und verpasste der Frau einen Hieb an die Schläfe. Sie sackte auf dem Sitz zusammen. Der Rothaarige zappelte noch, aber Viktor drückte ein bisschen fester zu und er sank schlaff zu Boden.

Jetzt hatte Viktor Zeit, sich umzusehen. Er befand sich in einer Art Büro, offenbar der Arbeitsplatz der dicken Frau in Uniform. Hier würde kein Reisender hineinkommen. Sicherheitshalber würde er die Tür verriegeln, er inspizierte sie kurz und angelte den Vierkantschlüssel vom Gürtel der Bahnangestellten. Mit einem Dreh verschloss er von außen das Büro.

Dann wandte er sich dem Kleinen zu – aber der war verschwunden.

Im ICE 623 kurz vor Würzburg, 13:02 Uhr

»Nun sei doch nicht so, Torsten«, quengelte der Blonde mit piepsiger Stimme, die Viktor im Ohr schmerzte. »Warum sollen wir nicht zusammen nach dem Kontaktmann suchen? Wir wollen doch hier gemeinsam Spaß haben.«

»Ich will den Kontaktmann aber nun einmal selbst finden«, nuschelte der, den der Blonde mit Torsten angesprochen hatte.

Kontaktmann?, dachte Viktor irritiert.

»Jetzt verzieh dich, ich glaube, ich habe ihn gefunden«, flüsterte Torsten so laut, dass Viktor jedes Wort hören konnte.

»Meinst du den drahtigen Typ in dem grauen Anzug mit

Glatze und Kinnbart?«, fragte die aufgeregte Stimme des Blonden zurück.

Viktor erstarrte. Die sprachen von ihm!

»Halt die Klappe«, flüsterte Torsten noch lauter.

Hatten die Italiener ihn gefunden?, fragte sich Viktor. Wollten sie an ihm Rache nehmen für das, was Vlad getan hatte? Aber wie konnte das sein?

Viktor schüttelte den Kopf. Diese Knallchargen waren keine Italiener. Selbst die Spaghettifresser waren nicht so hirntot wie diese auffälligen, betrunkenen Deutschen. Offenbar hatte die Finanzkrise auch bei der feinen Gesellschaft zugeschlagen, wenn die Mittel nicht einmal mehr für qualifizierte Handlanger reichten. Der Einzige, der einen einigermaßen wachen Eindruck gemacht hatte, war der Kleine – sogar mit geschlossenen Augen. Viktor musste die Idioten ausschalten und sich dann um den Chef der Bande kümmern.

Er drehte sich zu den beiden um. »Okay, gefunden. Die Übergabe muss unauffällig vor sich gehen.«

Torsten schielte vor Glück und der Blonde gab glucksende Geräusche von sich. Viktor musste sich zusammenreißen, um sie nicht auf der Stelle zu töten.

»Äh, Übergabe …?«, stammelte der Blonde.

»Kommt mit«, sagte Viktor und ging voraus zum Büro der Schaffnerin. Er öffnete die Tür mit dem Vierkantschlüssel, ließ die Deppen einen Schritt ins Büro treten und versetzte erst Torsten und dann dem Blonden je einen gezielten Handkantenschlag. Die beiden fielen über ihren rothaarigen Kollegen, der noch nicht wieder zu sich gekommen war. Auch die Frau atmete regelmäßig mit geschlossenen Augen, einen Speichelfaden am Mundwinkel.

Gut.

Viktor rang mit sich. Er wollte nicht mehr im Zug sein, wenn die Bewusstlosen im Büro der Schaffnerin erwachten. Aber stieg er jetzt aus, hätte er keine Waffe und träfe zu spät in München ein, um Vlad beim Verlassen der Muckibude umzulegen. Dann war sein Plan für die Katz.

»Leg eine Spur, die die Polizei nicht übersehen kann«, hatte der Großvater ihm geraten. »Die Deutschen sind gewissenhaft, aber du kannst sie austricksen.«

Also hatte Viktor, dessen aktuelle falsche Identität auf den Namen Kortschnoi lautete, sein Schachidol als Vorbild genommen und eine Rochade vorbereitet, also einen Platztausch zwischen Turm und König. Er hatte eine Rückfahrkarte von Venedig nach München auf den Namen Sergio Malpiensi gebucht. Dieser erfundene Spaghettifresser würde genau zur Tatzeit in München sein. Er war der Turm, der zunächst Schutz bot, aber dann geopfert wurde. Viktor hingegen war der König, der den Platz des Turms einnähme und – von diesem geschützt – unauffällig verschwinden könnte. Deshalb musste Viktor im ICE bleiben und seinen Zeitplan einhalten.

Zwischen Würzburg und Nürnberg, 13:20 Uhr

Viktor musste dringend seinen Kontaktmann finden – oder die Lieferung. Systematisch durchforstete er die Ablagefächer nach geeigneten Gepäckstücken und fand schließlich den Instrumentenkoffer. In dem Moment, in dem er die Hand danach ausstreckte, spürte er eine Hand auf seiner Schulter.

»Erst zahlen«, wisperte eine Stimme hinter ihm.

Viktor nickte, nahm den Koffer aus dem Gepäckfach und ging zum Vorraum. Eine junge Frau in einem gemusterten Kleid folgte ihm und blickte ihn auffordernd an, als er sich umdrehte.

Himmel, das war seine Kontaktperson? Viktor spürte jede Faser seines trainierten Körpers vibrieren.

»Ich muss in Nürnberg raus. Also los!«

Ihre Stimme war samtig, ihre Figur eindeutig europäisch – also weder zu mager noch zu fett – und ihre Augen schwarz wie die Nacht. Viktor benötigte seine ganze Willenskraft, um den Blick von ihr zu wenden, den Inhalt des Koffers zu prüfen und den Umschlag aus seinem Lederkoffer zu nehmen.

»Servus«, hauchte sie zum Abschied, dann schlängelte sie sich davon.

Zwischen Nürnberg und München, 15:02 Uhr

Romeo erwachte in seinem Sitz und schaute sich um. Vom Schlaf besänftigt hoffte er, dass seine Kumpels das kindische Mafiaspiel beendet hatten. Er stand auf, um sie zu suchen, fand aber niemanden. Stattdessen sah er wieder diesen Mann mit dem harten Blick, der ihm schon mehrfach aufgefallen war.

Kurz vor München Hauptbahnhof, 15:10 Uhr

»Er hat uns k. o. geschlagen und hier eingesperrt«, jammerte Torsten. »Der Kerl hat nicht alle Tassen im Schrank.«

Plötzlich hatten die drei vor ihm gestanden und ziemlich mitgenommen dreingeschaut. Rommy stand auf und drängelte sich durch die Reisenden, die bereits in den Gängen und an den Ausgängen standen, um den Zug zu verlassen. Er hatte den Schlägertypen zuletzt im Bistrowagen gesehen und der war nun sein Ziel.

München Hauptbahnhof, 15:11 Uhr

Viktor verließ den Zug, stieg auf die Galerie des Bahnhofs und von dort durch eine Tür, deren Schloss er im Handumdrehen knackte, auf das Dach des Gebäudes. Nur wenige Sekunden, nachdem Viktor sein Präzisionsgewehr aufgebockt hatte, verließ Vlad das gegenüberliegende Fitnessstudio. Ein gezielter Schuss ins Herz beendete das Leben des Abtrünnigen.

München Hauptbahnhof, 15:13 Uhr

Rommy blickte fassungslos auf das Gewehr in seiner Hand. Verdammt, so eine Waffe war ganz schön schwer. Der Lauf stank nach Schwarzpulver wie die Silvesterkracher, die sein Vater so liebte. Rommy legte das Gewehr an die Schulter und blickte durch das Zielfernrohr. Er zuckte zurück. Dort unten auf dem Gehsteig lag ein Mann mit einem großen, roten Fleck auf der Brust.

München Hauptbahnhof, 15:14 Uhr

Zeitgleich mit den Polizeiwagen auf der Nordseite hielten zwei Krankenwagen vor dem südlichen Eingang und transportierten die drei lädierten Deutschen und die Schaffnerin ab. Die Frau in Wagen siebenundzwanzig schlief weiter unentdeckt.

München Hauptbahnhof, 15:15 Uhr

Ein nach billigem Bier riechender Mann in einem schlecht sitzenden Nadelstreifenanzug erschien im Lokal der Bahnhofsmission. »Ich kann meine Freunde nicht finden«, jammerte er. »Sie sind auf einem Junggesellenabschied und sollten mich eigentlich im Zug treffen ...«

München Hauptbahnhof, 15:16 Uhr

Die Männer der Eingreiftruppe stürmten auf das Dach und legten auf den Killer im schwarzen Anzug an. Der Kleine ließ die Waffe fallen und stammelte: »Das ist ein Irrtum.«

München Hauptbahnhof, 15:30 Uhr, Gleis 13

Viktor bestieg den Eurocity 83 nach Verona mit einem Lächeln auf den Lippen. Jetzt konnte Vlad auf ewig in seinem bescheuerten Europa bleiben. Was war das für ein Kontinent, auf dem es nicht einmal Metalldetektoren auf den Bahnhöfen gab?

Venedig, 9:30 Uhr am nächsten Morgen

Viktor beendete sein Frühstück in dem kleinen Café und lehnte sich zurück. Die letzte Nacht hatte er in einem – das musste er zugeben – exquisiten Hotel verbracht, natürlich unter einem weiteren falschen Namen. Jetzt musste er noch fast zwölf Stunden Zeit totschlagen. Er seufzte.

Venedig, 10:30 Uhr

Gegen seinen Willen beeindruckt von der Aura von Eleganz und Weltherrschaft, die die Häuser am *canalazzo* immer noch umgab, knipste Viktor ein Foto nach dem anderen mit seinem Smartphone.

Venedig, 12:30 Uhr

Diesen Lunch würde Viktor sein Leben lang nicht vergessen. Den Aperitif hätte er fast ausgeschlagen, weil Alkohol die Disziplin untergräbt, aber der *spritz al bitter* hatte, im Gegensatz zu einem reinen Wodka, ein wunderbar fruchtiges Aroma. Danach *risotto con gò*, *sepe col nero* und zum Schluss ein *caffè* – göttlich!

Venedig, 14:30 Uhr

Viktor stellte die Tüten in der kleinen Bar in San Polo ab. Zwei Anzüge aus feinstem Tuch und mit perfektem Schnitt, Schuhe, deren Leder geschmeidig glänzte, und Krawatten aus Seide so fein wie Damenunterwäsche. Sehr stilvoll! Zum *caffè* brachte der *barista* Gebäck, das in seiner Feinheit an Blattgold erinnerte und Nachmittage auf dem Land bei der Großmutter heraufbeschwor, die noch selbst buk. Viktors Blick zur Uhr wurde mit jedem Mal melancholischer.

Venedig, 17:30 Uhr

Die *zattere*. So hatte er sich die Promenade nicht vorgestellt. So lebendig, ohne überlaufen zu sein. So klassisch, elegant, so … Er unterdrückte einen Seufzer.

Venedig, 18:30 Uhr

Viktors Schritte wurden langsamer, als er zur Haltestelle des *People Mover* kam. Von hier waren es nur wenige Minuten bis zum Kreuzfahrtschiff, das ihn als amerikanischen Touristen nach Istanbul bringen würde. Von dort ging sein Flug in die Staaten.

Viktor nahm sich vor, bei der Ausfahrt durch den *canale della giudecca* nicht aus dem Fenster zu sehen. Es würde ihm das Herz zerreißen.

Venedig, 18:32 Uhr

»Ach wie gern würde ich mit dir in die Staaten kommen«, sagte eine männliche Stimme hinter Viktor, während er den Fahrschein aus dem Ausgabefach angelte. Er erstarrte.

»Ich bin sicher, dein Visum ist nur eine Frage der Zeit …«, flüsterte eine Frau unter Tränen.

Viktor drehte sich um und traute seinen Augen kaum – der Mann sah ihm verdammt ähnlich. Ein Fingerzeig des Schicksals! So, wie dieser Mann nach Amerika wollte, wollte Viktor dorthin auf keinen Fall zurück. Plötzlich sah er seine Situation glasklar. Viktor war der Bauer, der auf dem Schachbrett die gegnerische Seite erreicht hatte und nun den Umtausch in eine beliebige Figur vornehmen konnte, zum

Beispiel den Springer, dessen Bewegungen unvorhersehbar waren.

Viktor lächelte, glücklich über seine Entscheidung, und beschloss, den Liebenden neben ihm ebenfalls glücklich zu machen. Er nestelte das Kreuzfahrtticket und die dazu passende falsche Identität aus der Jacke und drehte sich zu dem Mann um: »Ich glaube, ich kann Ihnen helfen.«

Sechs Monate später

Viktor lächelte nachdenklich, während Verona vor dem Zugfenster an ihm vorbeiglitt. Wie oft war er inzwischen diese Strecke gefahren? Er hatte aufgehört zu zählen.

Viktor, der Springer, der wieder eine neue, in der Familie unbekannte Identität angenommen hatte, war ein freier Mann. Er hatte sein Geld von den Bahamas in die Schweiz transferiert und sich ein Apartment in Venedig gekauft.

Für den Lebensunterhalt übernahm er lukrative Aufträge – freiberuflich. Die fehlenden Kontrollen an den innereuropäischen Grenzen und das Desinteresse der italienischen Polizei an einer Zusammenarbeit mit den unbeliebten Deutschen hatten ihn praktisch zwangsläufig zum Pendler gemacht. Leben in *bella italia*, arbeiten in Deutschland. Der schäbige Eurocity 83 war seine zweite Heimat geworden und im ICE zwischen München und Frankfurt traf er häufig die dicke Schaffnerin mit dem großen Herz. Sie litt immer noch an Migräne und manchmal, wenn es ihr besonders schlecht ging, erlöste er sie für ein paar Stunden von ihrer Qual. Einen Vierkantschlüssel jedenfalls trug er immer bei sich.

Edgar Franzmann

Großer Bahnhof für Sheriff Driessen

1

Heinz Driessen war Bahnhofsgänger. Schon immer gewesen. Als Junge, in einer Zeit, in der man noch Bahnsteigkarten kaufen musste, war er durch alle Absperrungen geschlichen und hatte sich in die Ferne geträumt. München. Milano. Moskva.

In seiner aktiven Zeit als Polizeikommissar hatten der Bahnhof und das Rotlichtviertel rund um den Eigelstein zu seinem Revier gehört. Wenn er mit der Harley durch die Straßen rollte, war er der Sheriff.

Die beste Zeit waren die Sechzigerjahre gewesen, als der Bahnhofsvorplatz der Treffpunkt der ersten Gastarbeiter war. Italiener. Griechen. Spanier. Eine Zigarette im Schatten des Doms. Neuigkeiten aus der Heimat. Den Fräuleins hinterhergepfiffen. Damals hatte es im Hauptbahnhof noch eine Post und ein Pornokino und frei zugängliche Pissoirs und WCs gegeben. Heute fand man stattdessen McPaper, McDonald's und McClean. Letzteres begriffen nicht einmal englischsprachige Reisende als Toilette. Eintrittspreis: ein Euro.

94

Darüber konnte Driessen sich kriminell aufregen. Ja, als sich die alte Billa noch als Klofrau die Rente aufbesserte, hatte er immer einen Silberling gegeben. Freiwillig. Aber einen Euro vorab zu kassieren, das war doch Wegelagerei gegen die Menschenwürde. Er musste etwas unternehmen.

2

Es war der letzte Sonntag im Oktober. Um drei Uhr nachts sollten die Uhren um eine Stunde zurückgestellt oder – man war ja in Köln – um elf Stunden vorgestellt werden. Jedenfalls musste es nach der Umstellung zwei Uhr sein. Ende der Sommerzeit. Beginn der Winterzeit. Die längste Nacht des Jahres.

Draußen, vor dem Eingang zum *Alten Wartesaal,* der Disco neben Alfred Bioleks Restaurant, fror eine hundert Meter lange Menschenschlange und hoffte auf heiße Stunden. In der Bahnhofshalle feierten schwarz-gelbe Dortmunder den Auswärtssieg ihres Vereins in Freiburg. Wenigstens beim Umsteigen würde Köln immer erstklassig bleiben, egal, in welcher Liga der FC gerade spielte.

Die Doppelstreifen der Bundespolizei behielten die Fußballfans im Auge und kümmerten sich nicht um Driessen, der gekommen war, um der Gerechtigkeit zum Sieg zu verhelfen. Unter der schweren Lederkutte hatte er ein Stemmeisen versteckt.

Langsam näherte er sich dem Eingang des McClean. Noch einmal inspizierte er das Drehkreuz. Und fand die Stelle, an der er ansetzen musste, damit es möglichst schnell und geräuschlos ablief. Alles bestens. Keiner beobachtete ihn.

Die schwarz-gelbe Prozession am Hauptgang sang BO-RU-SSI-AAA. Schön. Vor allem schön laut. Driessen kannte den Rhythmus und hebelte das Drehkreuz exakt im Takt aus. BO-RU-SSI-AAA.

Feierlich betrat Driessen die sanitären Anlagen. So mussten sich Befreiungskämpfer fühlen. Und kämpfte nicht auch er für eine gerechte Sache?

Die Anlage war hell und sehr offen gestaltet. Links ging es zu den Damentoiletten, rechts zu den Herren. Die Bereiche waren nicht durch Türen getrennt, sondern nur durch schulterhohe Raumteiler.

Aber sauber war es. War vielleicht doch eine Billa im Einsatz? Beim Rausgehen würde er einen Euro hinlegen.

Vor den Pissoirs lag eine schwarz-gelbe Gestalt. Schlief wahrscheinlich ihren Rausch aus. Lange Haare. Sehr lange Haare. Eine Frau. Was machte sie hier auf dem Männerklo?

Driessen beugte sich hinab und rüttelte an der Schulter der Liegenden. »Aufstehen. Polizei.« Die Frau rührte sich nicht.

Driessen zog seine Handschuhe aus und berührte ihre Stirn. Kalt. Viel zu kalt. Driessen kannte diese Kälte. Sein Herz zog sich zusammen.

»Hände hoch! Polizei!«, rief eine kräftige Stimme aus dem Hintergrund. Driessen erschrak und fuhr herum.

»Hände hoch, hab ich gesagt.« Der Uniformierte hatte eine Pistole im Anschlag und zielte tatsächlich auf Driessen, der seine Hände hob. Die Lederkutte öffnete sich und das Stemmeisen wurde sichtbar.

»Ach, was haben wir denn da?«, fragte der Uniformierte, als er das Werkzeug entdeckte. Und dann sah er die leblose Gestalt auf den Fliesen.

»Sie ist tot«, sagte Driessen.

3

»Wissen Sie, wie viele Menschen täglich durch den Kölner Hauptbahnhof kommen?« Der Uniformierte saß in seinem kleinen Bahnhofsbüro an einem abgestoßenen Schreibtisch und schaute wie Günter Jauch bei einer besonders kniffligen Frage in der Millionärsshow.

»Nein, keine Ahnung«, sagte Driessen. »Meinen Sie nur Besucher oder auch die Menschen in den Zügen?«

»Alle, die hier durchkommen«, bestätigte der Uniformierte.

Driessen versuchte eine Überschlagsrechnung. »Da kommt schon was zusammen. Sechsstellig, oder?«

»Nicht schlecht«, sagte der Uniformierte. »Es sind Zweihundertachtzigtausend. Jeden Tag. Wenn der Kölner Hauptbahnhof eine Stadt wäre, wäre er größer als Mönchengladbach oder Gelsenkirchen.«

4

Die Tote in Schwarz-Gelb war nicht aus Dortmund, sondern aus Dresden. Dynamo sollte am Sonntag beim FC St. Pauli spielen. Wenn man von Dresden nach Hamburg unterwegs war, was tat man dann in Köln? Wie war die Frau aufs Herrenklo gekommen? Wie war sie gestorben? Natürlicher Tod oder Gewaltverbrechen? So viele Fragen, die noch zu klären waren.

Der Uniformierte hatte natürlich Driessen für den Täter gehalten. Erst als die ehemaligen Kollegen von der Kripo am Tatort erschienen und ihn als Hauptkommissar a. D. identifizierten, änderte sich die Lage zu seinen Gunsten.

Stattdessen versuchte der Uniformierte jetzt, ihm mit der Wichtigkeit seines Amtes und der Größe seines Einsatzortes zu imponieren. Einundsiebzig Geschäfte und Restaurants. Ein riesiges Einkaufszentrum. Sieben Tage die Woche geöffnet. Allein der Kölner Bahnhof größer als ganz Mönchengladbach oder Gelsenkirchen. Könnte man das nicht mal den FC-Profis nahebringen?

Als der Beamte das zum dritten Mal wiederholen wollte, sagte Driessen: »Ich würde jetzt gerne gehen.«

Er erntete einen überraschten Blick. »Wir sind noch nicht ganz fertig. Das mit dem Stemmeisen habe ich nicht kapiert. Warum hatten Sie das unter Ihrer Lederjacke versteckt?«

»Das fragen Sie, ausgerechnet Sie?«, staunte Driessen. »Sie müssten das doch am besten wissen. Ist doch eine gefährliche Gegend hier, in der Sie täglich arbeiten«

»Da sagen Sie was.«

5

Das McClean war abgesperrt. Die Spurensuche war noch nicht beendet. Die Exkollegen beschäftigten sich mit dem zerstörten Drehkreuz am Eingang der Toilettenanlage.

»Die Nachforschungen könnt ihr euch sparen, das war ich«, sagte Driessen.

»Du warst das?«

»Ja, ich wollte schnell rein und anders ging es nicht.«

»Hast du denn irgendetwas gehört? Das Mädchen war längst tot, als du es gefunden hast. Und sonst war doch niemand drin, oder?«

»Ich hatte so ein Gefühl. Ich musste da einfach rein. Und dann habe ich sie gefunden.«

Eine Beamtin erschien am Tatort, die Driessen nicht von früher kannte. »Wir haben die Überwachungsvideos überprüft. Die Zerstörung des Drehkreuzes fällt unter Vandalismus. Irgendein dicker alter Mann in Leder hat das Stück zerstört. Wollte sich wahrscheinlich den Euro sparen. Mit der Toten hat das nichts zu tun.«

»Sag ich ja«, sagte Driessen. Aber wieso nannte ihn diese Frau alt und dick?

Die Beamtin nahm erst jetzt Notiz von ihm. »Das ist er! Hat er etwa schon gestanden? Festnehmen.«

»Kriminalhauptkommissar a. D. Heinz Driessen«, sagte Driessen. »Ich habe die Tote gefunden.«

»Und was hatten Sie am Drehkreuz zu schaffen?«

»Er hatte so ein Gefühl, dass er da rein musste«, übernahm der Kollege die Antwort.

6

Die neue Kollegin war frisch von der Kommissarsausbildung und kannte alle Vorschriften. »Sie sind nicht mehr im aktiven Dienst und haben somit kein Recht, die Videos zu sehen.«

»Aber Sie haben doch gesagt, dass Sie mich auf den Videos erkannt hätten. Da bin ich selbst betroffen. Das ändert die Rechtslage. Sie müssen mir Gelegenheit geben, mich zu verteidigen. Hat Ihnen das denn niemand beigebracht?«

Sie hieß Daniela Vogel und kam ins Grübeln. »Und wenn ich gar nicht vorhabe, weiter gegen Sie zu ermitteln? Wir müssen einen Todesfall aufklären. Wegen der Sachbeschädigung wird sich die Bahnhofsverwaltung melden. Oder auch nicht.«

»Liebe Kollegin«, sagte Driessen. »Eigentlich habe ich das ganz anders gemeint. Ich wollte die Videos ansehen, um Ihnen bei den Ermittlungen zu helfen. Vielleicht entdecke ich noch etwas Verdächtiges.«

Kommissarin Vogel suchte jemanden, den sie um Rat fragen konnte, aber alle Kollegen schienen sie zu ignorieren oder waren mit irgendwelchen wichtigen Tätigkeiten beschäftigt.

»Sieht so aus, als sei hier alles geregelt. Ich denke, ich kann mich noch einmal den Videos widmen. Ich begleite Sie«, entschied sie endlich.

7

Die Videokameras hatten nur die Eingänge zum Toilettenbereich im Blick, im Inneren gab es keine Überwachung.

Britta Vogel ließ noch einmal Driessens Aktion am Drehkreuz abspielen. Zugegeben, er sah nicht aus wie James Bond. Aber alt und dick? Das war die Lederkutte, die etwas auftrug. Und alt fand er sich auch nicht. Jedenfalls nicht älter als die vierundsechzig Jahre, die er schon auf dem Buckel hatte. Aber davon hatte eine Dreißigjährige natürlich keine Ahnung.

»Was ist mit der Zeit davor? An Ihrer Stelle würde ich mindestens noch zwei bis drei Stunden Material ansehen«, sagte er.

»Schön«, sagte Kommissarin Vogel. »Ich nehme Ihr Angebot an. Dann schauen Sie hier von mir aus weiter in die Röhre, ich habe zu tun.« Sagte sie und verschwand. Jung und schlank.

Das Videokämmerchen war klein, ungemütlich und kalt. Es gab Dutzende Überwachungskameras, die Livebilder auf Monitore in den Kontrollraum übertrugen. In dieser frühen Nachtstunde war wenig los. Driessen sah, wie das McClean wieder freigegeben wurde, allerdings nur über den zweiten Eingang, den er nicht ausgehebelt hatte.

Der Kollege von der Videoüberwachung sorgte für einen warmen Kaffee im Pappbecher und half Driessen bei seiner Recherche. »Sie müssen sich das nicht in Echtzeit ansehen, Sie können schnell vor- und zurückspulen und anhalten oder langsam stellen, wenn Sie etwas genauer analysieren wollen.«

Für die drei Stunden vor der Tat benötigte Driessen so nur dreißig Minuten. Die junge Frau, die Driessen tot gefunden hatte, war gut zu erkennen. Sie fühlte sich offensichtlich unwohl, brauchte ein paar Minuten, den Automaten mit Geld zu füttern, hielt sich am Gitter fest, ehe sie aus dem Fokus der Kamera verschwand.

Ansonsten nichts Spannendes. Driessen hatte wahrlich schon aufregendere Observationen durchgeführt.

Aber dann erschien eine interessante Person: Ein Mann, ziemlich groß, Mitte vierzig, sehr kurze Haare, Windjacke, Rucksack, betrat den Toilettenbereich kurz nach der jungen Frau.

Driessen kannte den Mann. Er hatte ihn schon mal in einer früheren Szene gesehen. Driessen spulte zurück. Da war der Typ wieder. Gut eine Stunde zuvor.

Driessen holte den Kollegen von der Videoüberwachung zu Hilfe. Ja, kein Zweifel. Innerhalb einer Stunde zweimal derselbe Besucher.

Und dann fiel Driessen noch etwas auf: Als der Mann das McClean verließ, war irgendetwas anders. Aber was? Da fehlte doch was. Der Rucksack. Der Rucksack war weg. Der Mann hatte ihn vergessen. Oder deponiert.

Ein zurückgelassener Rucksack auf der Bahnhofstoilette. Großalarm. Da musste man sofort ausrücken und den Rucksack sicherstellen. Nichts war so gefährlich wie herrenlose Gepäckstücke auf Bahnhöfen. Meistens war es ja Fehlalarm. Aber manchmal …

Innerhalb weniger Minuten war der Bereich um die Toilettenanlage weiträumig abgesperrt. Ein Spezialkommando, das irgendwoher aus der Nacht aufgetaucht war, durchkämmte das McClean aufs Neue.

In einem Raum am Ende des Männerbereichs wurden sie fündig. Zwischen Stapeln von Toilettenpapier und Putzmitteln entdeckten sie den Rucksack – randvoll mit Hunderten Päckchen eines weißen Pulvers. Gut verschweißt. Das war mit Sicherheit kein Zucker, sondern Rauschgift. Unter den Tütchen fanden sich zwei Pistolen und jede Menge Munition. Das Bahnhofsklo wurde als Umschlagplatz für Waffen und Drogen benutzt.

»Gut gemacht, Driessen. Wie sind Sie nur dahintergekommen?«, lobte ihn der Leiter des Suchtrupps, dessen

Gesicht er kannte, aber an dessen Namen er sich nicht erinnern konnte.

»Ich hatte so ein Gefühl.«

8

Driessen ging zurück zum Videokontrollraum. Seine Lederkutte hing über der Lehne des Bürostuhls, wo er sie zurückgelassen hatte, als sie den neuen Alarm fürs McClean ausgelöst hatten. Driessen tastete die Taschen der Kutte ab. Das Stemmeisen war an seinem Platz.

Auf den Monitoren erwachte die Stadt aus dem Schlaf. Der Kollege von der Videoüberwachung fragte: »Soll ich uns noch einen Kaffee holen?«

Driessen nickte und setzte sich. Er war müde. Und er fühlte sich alt.

Der heiße Kaffee tat gut und der Kollege brachte nicht nur das Getränk mit, sondern auch Neuigkeiten von der Polizei: »Die junge Frau, die Sie gefunden haben, ist an einer Überdosis Heroin gestorben. Sie war ihrer Fußballmannschaft Dynamo Dresden hinterhergereist. Sie kam nach Köln, Dynamo spielte 1:1 beim FC, und kam dann hier in Kontakt mit der Drogenszene. Ihren Eltern hat sie erzählt, sie übernachte bei einer Freundin. Jetzt wollte sie nach Hamburg, das Spiel in St. Pauli sehen, und dann noch zum Pokalspiel nach Hannover. Von dort aus sollte es nach Hause gehen.«

Driessen kannte das Leben als Fußballfan. Früher, als er noch fit genug für die Stehplätze war, war er dem FC nachgereist. Damals hatte es allerdings viel weniger weibliche Fußballanhänger gegeben.

»Ich hätte sie vielleicht retten können. Bin zu spät gekommen.«

»Es war doch nicht Ihre Schuld. Gehen Sie nach Hause. Legen Sie sich schlafen. Sie haben es sich verdient.«

Auf einem der Monitore bewegte sich etwas. »Was ist das?«, fragte Driessen.

»Bahnsteig eins. Mit direktem Zugang zur Domplatte. Soll demnächst gesperrt werden. Aus Sicherheitsgründen.«

»Können Sie noch mal zurückspulen? Zehn Sekunden, höchstens zwanzig?«

»Klar. Kann ich. Was haben Sie denn gesehen?«

»Ich bin nicht sicher. Schauen Sie selbst.«

Das Monitorbild lief zurück und wieder vorwärts.

»Halt!«, rief Driessen.

»Das ist er. Der Mann von vorhin. Mit dem Rucksack. Trägt jetzt eine Aktentasche.«

»Genau«, sagte Driessen. »Können Sie sehen, wohin der unterwegs ist?«

»Der kommt von der Domplatte und geht über Bahnsteig eins in den Bahnhof. Den kriegen wir. Ich lasse sofort alle Ab- und Ausgänge besetzen.«

Driessen war plötzlich hellwach, der alte Jagdinstinkt meldete sich. Er stürmte aus dem Videoraum. Bahnsteig eins. An der Bahnhofseite zum Dom gelegen.

In der großen Eingangshalle herrschte der übliche Betrieb. Driessen sondierte die Lage. Vor dem Informationsschalter schauten japanische Reisende ratlos auf die Anzeigetafeln in der Höhe. Im *Zeitcafé* warteten Croissants auf Frühstückskundschaft. Vor dem Fahrkartenautomaten diskutierte ein Ehepaar über die richtige Art, ein Ticket zu ziehen.

Der Mann, den Driessen suchte, ging am Reisezentrum vorbei, passierte Bank, Hotel und *Starbucks* und eilte weiter Richtung Buchhandlung. Driessen folgte ihm. Der Mann hatte die junge Frau auf dem Gewissen. Er durfte ihm nicht entkommen.

Der Dealer hielt vor dem Gepäckautomaten in der Mitte der Passage. Driessen mochte diese neumodische Station mit ihren tausend unterirdischen Fächern nicht. Wer wusste schon, wo der Koffer da landete. Ihm waren die alten Schließfächer lieber gewesen. Der Mann schien mit der Technik keine Probleme zu haben. Driessen beschleunigte seine Schritte.

Die Aktentasche verschwand hinter der Automatiktür. Der Mann drehte sich um, sah Driessen heranstürmen, riss eine Pistole aus der Jacke und drückte ab.

Driessen spürte durch die Lederkutte einen Einschlag in die linke Schulter. Adrenalin schoss durch seinen Körper. Er hatte das Stemmeisen angriffsbereit in der Rechten und schlug es dem Mann über den Schädel. Volltreffer.

Der Kerl blieb bewegungslos auf dem Boden liegen. Driessen war mit sich zufrieden. Dann hörte er Schreie. Und Schritte.

Etwas Hartes knallte gegen seinen Kopf.

9

Als Driessen zu sich kam, lag er vor dem Gepäckautomaten. Der Mann mit dem Rucksack war ebenfalls wieder bei Bewusstsein, trug allerdings Hand- und Fußfesseln und befand sich in Polizeigewahrsam.

Ein Mann, südländischer Typ, sprach auf Driessen ein: »Entschuldigen Sie, Herr Kommissar. Ich musste das tun. Ich habe geglaubt, Sie wollten den Mann ausrauben. Ich wusste ja nicht …«

Links und rechts standen Heerscharen Spalier. Großer Bahnhof. Polizeibeamte und Gaffer. Driessen erkannte den Mann von der Videoüberwachung, der ihm zunickte. Und er entdeckte die neue Kollegin. Wie hieß sie noch mal? Daniela, Daniela Vogel.

Sie kam auf ihn zu und half ihm auf die Beine. »Geht schon«, sagte Driessen.

»Die Kollegen vom Rauschgift übernehmen den Fall. Sie hatten den Mann schon lange im Visier, aber immer ist er ihnen entwischt. Der Mann ist ein Profigangster. Einer, der über Leichen geht. Es war sehr leichtsinnig von Ihnen, ihn auf eigene Faust stoppen zu wollen.« Die Kollegin umarmte ihn und herzte ihn mit zwei Wangenküsschen.

Er löste sich vorsichtig. »Ich habe schon leichtsinnigere Sachen gemacht«, sagte er.

»Ich weiß«, sagte sie und lächelte. »Die Kollegen haben berichtet. Vielleicht erzählen Sie mir irgendwann etwas mehr aus Ihrem Leben.«

»Vielleicht«, sagte Driessen und hielt sich die Schulter. »Sie wissen ja, wo Sie mich finden.«

Die Kommissarin schaute ihn fragend an.

»Im Bahnhof«, sagte Driessen. »Im Bahnhof.«

ICE Leipzig – Berlin

Romy Fölck

Nach Jamaika, Mann!

Einen Koffer voller Geld findet man nicht alle Tage. Mann,
was sag ich? Das ist der Jackpot! Wie 'ne lebenslange Can-
nabisrente!

Noch heute Morgen dachte ich: Der Tag ist heißer An-
wärter auf den Scheißtag des Jahres. Erst stolperte ich auf
dem Weg ins Bad über den Läufer und verpasste mir am
Flurschrank einen Kinnhaken. Dann stürzte ich beim Zu-
rücktaumeln über meinen Kater. Das Vieh krallte sich
schmerzhaft in meine Wade. Endlich am Küchentisch, lag da
ein Zettel meiner Alten, dass sie auf und davon ist und mich
zum Teufel wünscht. Mein Erspartes war mit ihr verschwunden. War ja klar. Auf den Schock habe mir erst mal
ein Tütchen gegönnt.

Am Leipziger Hauptbahnhof sprang ich in letzter Sekunde in meinen Zug. Dass die die S10 nicht über Nacht gene-
ralüberholt und auf Luxus getrimmt hatten, dämmerte mir,
als das Scheißding rasant beschleunigte. Mann, das war ein
ICE!

Ich wollte gerade ein paar deftige Flüche raushauen, da

sah ich das Ding. Der Aktenkoffer stand verlassen neben einem Sitz am Fenster. Ich pflanzte mich daneben. Wollte nur auf ihn aufpassen, Mann, was sonst? Aber niemand kam und nahm ihn mit. Da war mir klar: Dieses Luxusteil mit Schnappschloss hatte jemand vergessen!

Jetzt sitze ich hier und kann mein Glück nicht fassen. Das edle Stück liegt aufgeklappt auf meinen Knien im WC-Kabuff, wo ich auf dem Klodeckel hocke und mir ganz entspannt ein Tütchen drehe. Mal abgesehen von der geladenen Knarre und dem abgehackten Finger, die auf den Geldbündeln liegen, ist der Aktenkoffer leer. Nichts deutet auf seinen Besitzer hin. Außer der Finger. Aber der kann mir ja nicht erzählen, zu wem er vorher gehört hat.

Normalerweise hätte das Ding leer oder voller Akten sein müssen. Oder gepackt mit Fachbüchern, Zeitungen, Laptop, iPad und was weiß ich noch alles. Halt mit diesem ganzen Krempel, für den ich im Leben keine Verwendung finden werde.

Ein ›klick‹ und die Flamme springt hoch. Ich nehme einen tiefen Zug. Aaaahh …

Der Koffer auf meinen Knien ist bis zum Rand voll mit Kohle, 'ne Menge grüner Scheine. Gebündelt und fein säuberlich gestapelt. Während ich genüsslich inhaliere, zähle ich die Päckchen. Ey, Mann, das müssen gut fünfhunderttausend Öcken sein! Damit kann ich mein Leben lang ICE fahren! Oder die Kiste hier direkt kaufen. Oder noch besser: Meine eigene Cannabisplantage in Jamaika aufziehen. Das wär's!

Ich lasse den Joint im Mundwinkel und hebe die Pistole heraus. Sie ist kalt. Ich habe noch nie eine echte Knarre in der Hand gehalten. Die ist viel schwerer als dieses Plastikding, was ich früher als Kind hatte. Ich hebe den Arm und ziele auf die Tür. Ein Gefühl von Macht steigt in mir auf. Da sagt keiner ›Arschloch‹ zu dir, wenn du dieses Teil auf seinen Kopf richtest.

O Mann, ist der Stoff gut … aaahh … seit ich den Dealer gewechselt habe. Der andere Trottel hat das Kraut echt mit Brix gestreckt. Habe ihm die Kloschüssel von innen gezeigt, als ich's gemerkt habe. Der neue Dealer meines Vertrauens ist ein feiner Kerl. Werde gleich paar Grüne bei ihm investieren, wenn ich hier raus bin.

Ich sehe mir den amputierten Finger an. Der wurde mit einem glatten Schnitt von der Hand abgetrennt. Ganz kalt ist er. Graue Haut, Dreck unter dem Nagel. Annähen brächte da nichts mehr, der ist längst abgestorben. Echt eklig das Teil. Ich nehm lieber noch 'nen tiefen Zug! Irgendwie fühlt er sich plötzlich so warm an, als hätte er gerade noch an der Hand drangesessen. Scheiße, Mann, das Ding bewegt sich! Es zeigt auf mich …

Ich lasse den Finger fallen. Verdammt, der Stoff hat es echt in sich!

Ich ziehe an der Toilettenpapierrolle und wickele den Finger in Klopapier ein, lege ihn in den Koffer. Ich kann ihn ja schlecht hier ins Klo werfen, am Ende landet er noch auf den Gleisen!

Es wummert laut an der Klotür. »Hallo da drin, brauchen Sie noch lange?«

Was soll das denn jetzt? Weitergehen! Das ist doch nicht der einzige Kackständer hier!

Ich rühre mich nicht, will hier still sitzen bleiben, bis der Zug irgendwo anhält. Aber da draußen steht 'ne Oma und macht einen Heidenlärm. Ist echt nicht zum Aushalten. Die hämmert gegen die Tür und schimpft wie ein Rohrspatz. Nicht so laut, das nervt!

Jetzt dreht die erst richtig auf. Hat die gerade ›Arschloch‹ gebrüllt? Ein Organ hat die. Das halt ich nicht aus!

»Ja, Mann!«

Ich klappe den Koffer zu, werfe mein Tütchen ins Klo, lasse die Knarre in meine Jackentasche gleiten und öffne die Tür. Die Alte schiebt ihren korpulenten Körper herein, als wäre das Kabuff ihr Privatseparee.

»Unerhört ist das! Und wie das hier stinkt!«, geifert sie und schiebt mich auf den Gang.

Die Klotür fällt laut ins Schloss. Nun steh ich da, mit wirrem Haar. Und einem Koffer voller Zaster. Was jetzt? Der Vorteil eines Planes ist, einen zu haben.

»Die Fahrkarten bitte!«

Hört denn die Schreierei heute gar nicht mehr auf? Das nervt!

»Ihre Fahrkarte bitte.«

Langsam drehe ich mich herum. Die Bahntussi erinnert mich irgendwie an Frau Bratschädel, meine Klassenlehrerin aus der Grundschule. Ich glotze sie an und bleibe an ihren Titten hängen. Meine Fresse! Riesig sind die. Da würde ich gern mal bisschen rumspielen.

»Ihre Fahrkarte!«

»Welche Fahrkarte?«

»Für den Zug!«

»Welchen Zug?«

»Haben Sie eine Fahrkarte oder nicht?«

Verstehe gar nicht, warum sie jetzt so wütend wird. Ich krame meine Fahrkarte aus der Hosentasche.

»Das ist eine Fahrkarte für den Nahverkehr, nicht für den ICE!«

Ja doch. Sind die Titten gerade gewachsen?

»Junger Mann, ich bin hier oben!«

Ich löse den Blick von meinen zwei Lieblingen. »Hat Ihnen schon mal jemand gesagt, dass Sie ganz bezaubernde Augen haben?«

Ihr Blick verfinstert sich. Sie holt tief Luft.

Scheiße, Mann, habe ich jetzt ›Augen‹ oder ›Titten‹ gesagt?

»Das gibt eine Anzeige! Schwarzfahren und dann noch frech werden ist hier nicht! Ihre Papiere bitte!«

Papiere? Ich hole meine Longpapers zum Drehen der Joints raus.

Sie wird rot im Gesicht. »Ihren Ausweis, aber ein bisschen plötzlich!«

»Ausweis? Hab ich nicht!«

»Dann hole ich beim nächsten Halt in Wittenberg die Polizei. Die nimmt dann Ihre Personalien auf!«

Die Schnecke meint es ernst und holt die Bullen! Ich sehe schon vor meinem vernebelten Auge, wie die meinen Koffer filzen, die Kohle und den Finger finden. Scheiße, Mann!

Ich zücke die Knarre. Die Alte malt mir hier kein Strafmandat, so viel ist klar. »Schluss mit dem Gelaber. Los, zum Lokführer!«

»Aber …« Sie ist bleich geworden und starrt auf die Pistole wie das Karnickel in die Augen der Schlange.

»Na los, zum Zugführer! Du vorneweg!«

Sie setzt sich in Bewegung, hat die Arme erhoben, stolpert mehr, als dass sie läuft. Es ist wie im Kino, denke ich. Nur dass ich mittendrin bin im Film. Was würde 007 an meiner Stelle tun? Genialer Typ! Hat immer 'nen Plan B.

»Was haben Sie vor?«, fragt sie schrill und tippelt vor mir her.

Keine Ahnung. Nur das kann ich jetzt nicht sagen. Aber es stimmt! Es war nur eine Eingebung, dem Zugführer einen Besuch abzustatten. Ich kann ja schlecht mit der Wumme und meiner Geisel hier im Gang rumstehen. Sequenzen des Films *Mogadischu* steigen in mir auf. Okay, ein Flugzeug entführen ist sicherlich eine Nummer größer. Aber ein ICE fliegt ja quasi über die Gleise. Für den Anfang also völlig ausreichend.

Die Fahrgäste starren uns ungläubig an. Als wir vorbei sind, spüre ich förmlich, wie sie ihre Handys aus den Taschen reißen. Hat da gerade jemand ein Foto von uns gemacht? Wie fotogen ist so ein ungewaschener Hinterkopf? Na ja, lassen wir denen ihren Spaß.

Wir sind vorn angekommen. Ich kann durch die Scheibe ins Abteil des Zugführers sehen. Sein Kopf ragt über den Sitz hinaus. Die Tür ist abgeschlossen.

Die Zugbegleiterin sieht mich ängstlich an. »Und jetzt?«

»Aufschließen!«

Fahrig zieht sie einen Schlüssel aus ihrer Tasche und verschafft uns Zutritt. »Hermann, der Mann hier will zu dir«, stammelt sie, als der Zugführer sich umdreht und uns überrascht ansieht. Bekommt wohl selten Besuch, der Hermann. Er starrt auf die Knarre, dann auf mich.

Ich stelle den Koffer ab und schließe die Glastür hinter uns. Fühle mich ganz wie zu Hause. »Hinsetzen!«

»Was wollen Sie?«, fragt Hermann.

Gute Frage! Ich stelle mich neben ihn. So ein ICE-Lokführerabteil habe ich noch nie von innen gesehen. Ein Pult, ein paar Hebel und blinkende Lämpchen. Echt cool! Neben Hermann steht sein Rucksack, aus dem eine Brotbüchse schaut. Ganz gemütlich, dieser Arbeitsplatz. Hier kann man auch mal ganz in Ruhe eine kiffen. Ich krame in meiner Tasche.

»Sifa«, tönte da eine sonore Frauenstimme vom Pult. »Sifa.« Hermann dreht sich hektisch nach vorn und tritt ein Pedal.

»Was is los?«, will ich wissen.

»Eine Sicherheitsvorrichtung. Wenn ich dieses Pedal nicht trete, hält der ICE automatisch an.« Er zieht hörbar die Luft ein. »Wenn Sie mir also etwas tun, stoppt der Zug.«

Ich starre fasziniert durch die Scheibe vor uns. Die Landschaft rauscht auf uns zu, die Bäume ziehen richtig Streifen. Geil, Mann! Zebrabäume! Das sind bestimmt fünftausend Sachen, die wir hier drauf haben. Meine Fresse!

»Kleine Planänderung!«, sage ich. »Wir fahren nach Hamburg!«

Brillante Idee! Auf der Reeperbahn kann ich erst mal bei meinem alten Kumpel Rudi unterschlüpfen, bis die Wogen sich geglättet haben. Der hilft mir sicherlich auch, das Geld zu waschen. Und dann auf ins Kifferparadies Jamaika!

Hermann wird blass. »Hamburg? Wie stellen Sie sich das vor? Ich kann nicht einfach fahren, wohin ich will! Der Zug wird von der Zentrale nach Berlin gesteuert!«

»Mann, du bist doch der Zugführer!« Ich haue ihm auf die Schulter. »Wirst doch entscheiden können, wo wir hinfahren!«

»Kann ich eben nicht!«, schimpft er. »Deshalb gibt es Fahrpläne! Oder wollen Sie mit einem Güterzug kollidieren?«

Recht hat er, der Hermann. Ich nicke. Flugzeug wäre doch besser gewesen. Dann wird das also heute nichts mit der Reeperbahn. Aber nee, Berlin ist keine Alternative. Da warten die Bullen schon auf mich und haben ein Zimmer frei. So viel ist klar. Mein Foto haben die sicherlich auch schon.

Hermann starrt geistesabwesend durch die Scheibe. Schweißperlen stehen auf seiner Stirn. Was denkt der jetzt? Dass er diesen Scheißtag, der gerade für ihn angebrochen ist, heute Morgen gar nicht erwartet hat? Immer wieder tritt er dieses Pedal mit den Füßen. Die Sifa-Tante hält die Klappe. Gut macht Hermann das. Ich will ihm gerade einen Joint anbieten, da schluchzt die Schaffnerin hinter uns los. Ich öffne den Koffer, wickele den Finger aus und reiche ihr das Klopapier. Sie nimmt es und schnäuzt hinein. Als sie den Blutfleck sieht, weicht ihr alle Farbe aus dem Gesicht.

»Wo sind wir jetzt?«, will ich wissen.

»In der Nähe von Wittenberg«, sagt Hermann.

Wittenberg? Wo ist das denn? Scheiße! Wenn ich hier aussteige, schleppe ich mir einen Ast an dem Koffer. Aber hier warten sicherlich noch keine Bullen und ich könnte heute Nacht erst mal untertauchen.

»Es läuft so …«, ich lege ihm meine Hand auf die Schulter. Körperkontakt ist immer gut. »Du stoppst jetzt den Zug. Wenn ich ausgestiegen bin, fährst du weiter.« Ich richte die Knarre auf die Heulboje in der Ecke. Sie schluchzt laut auf. Das Mädchen hat mich also verstanden.

Hermann erstarrt. Wahrscheinlich überschlägt er gerade die Folgen und kommt zum Ergebnis, dass momentan ein Leben gegen Hunderte steht. Er nickt, dann bremst er ab. Ich halte mich an seinem Sitz fest, damit ich nicht in die Scheibe krache. Einen Bremsweg hat die Kiste, Mannomann! Hoffentlich halten wir noch vor Berlin. Als das Ding endlich steht, klopfe ich Hermann auf die Schulter. Dann steige ich mit meiner Geisel aus.

Wir klettern den Bahndamm runter. Gar nicht so einfach mit dem Koffer und der Knarre. Das muss ein Bild abgeben …

Hinter den Fenstern sehe ich aufgeregte Gesichter und die Blitzlichter Dutzender Handykameras. Ich hebe die Hand zum Gruß. Ich will ja gut aussehen in der Zeitung. Dann gebe ich Hermann das Zeichen. Der Zug rollt los. Schade, dass ich keine Kelle habe. Damit wollte ich als Kind immer schon mal schwenken.

Meine Geisel hockt am Bahndamm, hat ihren Kopf auf die Knie gelegt. Ich öffne den Koffer und schiebe ein paar Grüne in ihre Tasche. »Guten Heimweg!«

Ungläubig schaut sie mir hinterher, wie ich mit Koffer und Knarre querfeldein stapfe.

Irgendwann komme ich auf eine Straße und folge ihr. Mann, was würde ich jetzt für ein kühles Blondes oder 'nen Braunen geben! Einen Koffer voller Geld, aber keine Kneipe weit und breit. Scheiß drauf! Ich hocke mich an den Straßenrand auf den Koffer und drehe mir ein Tütchen.

Ich will den Joint gerade anzünden, da höre ich Motorengeräusch. Ich drehe meinen Kopf und sehe, wie ein schwarzer BMW mit dunklen Scheiben quietschend neben mir zum Stehen kommt. Also die Bullen sind das nicht, so viel ist klar. Vier Typen in schwarzen Anzügen und dunklen Sonnenbrillen springen raus. Sehen ein wenig aus wie die Blues Brothers. Nur irgendwie billig.

Dem Bulligen, der mir gerade seine Knarre vor das Gesicht hält, fehlt ein Finger. Mir ist klar, dass der den jetzt von mir wiederhaben will. Samt dem Zaster. Scheiße, Mann!

»Schieb den Koffer rüber«, zischt er.

Woher wussten die, wo ich bin? Bullshit, da war bestimmt ein Sender drin. Darauf habe ich den Koffer nicht gecheckt.

Ein Motor röhrt laut hinter mir, Reifen quietschen.

»Scheiße!«, brüllt der Massige. »Wie haben die uns gefunden?«

Ich drehe meinen Kopf. Aus einem khakifarbenen Hummer steigen vier Typen in Armeejacken. Tätowiert bis unters Dach.

»Da guckst du, Antonio, was?« Der Chef der Tattoobande grinst. Seine Kumpels halten Pumpguns in den Händen und verleihen seinen nächsten Worten gehörig Nachdruck. »Schieb die Kohle rüber, na mach schon!«

Das ging an meine Adresse.

»Der Koffer bleibt hier!«, schreit der Fingeramputierte.

Links die Blues Brothers, rechts die Tattoogemeinde. Die gucken alle so böse. Mann, was denn jetzt? Wer kriegt denn nun den Koffer?

Niemand rührt sich. Die Knarren sind in der Luft erstarrt. Da macht es ›klick‹ – mein Feuerzeug brennt.

Es rumst wie verrückt. Vor allem die Pumpguns machen richtig Eindruck.

Kawumm! Kawumm!

Dann ist Ruhe. Die Straße sieht aus wie nach der Völkerschlacht. Dichter Nebel liegt in der Luft. Ich huste. Als der Qualm sich etwas gelegt hat, zähle ich acht Leichen um mich herum.

Die Flamme züngelt. Ich zünde mir den Joint an. Erst mal 'nen Zug. Aaahh … Dann stehe ich gemächlich auf.

Die haben sich gegenseitig die Köpfe weggeschossen. Mann, ist hier Blut gespritzt! Da wird die Straßenmeisterei wohl neu asphaltieren müssen, um diese Sauerei zu beseitigen. Der Koffer steht zwischen den Toten, als ginge ihn diese ganze Ballerei nichts an. Ich begrüße ihn wie einen alten Kumpel, drücke ihn fest an mich und hebe meine Knarre auf. Aus dem Koffer hole ich den abgesägten Finger und werfe ihn neben den Bulligen. Bin ja kein Unmensch, er soll wenigstens vollständig begraben werden. Abgesehen von seinem Gehirn, das am BMW und auf der Straße klebt. Ich suche den Sender im Koffer. Nicht dass er noch ein paar Spinner auf den Plan ruft, die an mir Vendetta üben wollen. Unter den Geldbündeln blinkt etwas. Ich schiebe das Ding dem Bulligen in die Hosentasche. So werden die Jungs wenigstens gefunden, bevor sie hier Moos ansetzen.

Ich bin so scheißschlau, Mann! Jetzt werden die Bullen nicht nach einer kleinen Flachzange wie mir suchen. Bis die hier aufgeräumt haben, bin ich längst über den großen Teich, liege in der Hängematte und schaue auf mein Cannabisfeld.

Dann trabe ich los. Ist echt schönes Wetter jetzt. Wie Ferien aufm Land! Irgendwann sehe ich eine Bushaltestelle vor mir, setze mich rein und genieße mein Tütchen. Mann, was für ein Tag! Alter Falter! Als ein Bus kommt, nehme ich den Koffer und steige ein. Ich fuchtele ein wenig mit der Knarre vor der Nase des Fahrers herum. Sofort habe ich die volle Aufmerksamkeit.

»Nach Jamaika, Mann! Und zwar pronto!«

... laut StepStone-Umfrage 16 % der deutschen Arbeitnehmer
für ihren Weg zur Arbeit zwischen 1 und 2 Stunden pro Weg
benötigen? 5 % nehmen sogar mehr als 2 Stunden in Kauf.

RE Mering – München

Angela Eßer

Der Mann mit der Krawatte

*Im Großen und Ganzen geht es in meinem Bezirk friedlich zu.
Wir sind hier nicht in einem anonymen Großstadtdschungel.
Auf dem Dorf funktionieren die soziale Kontrolle und das
Miteinander noch, auch wenn nicht mehr jeder jeden kennt.
Hier passiert nichts Dramatisches. Meistens jedenfalls.*

An diesem Morgen war irgendetwas anders. Es lag nicht am
Schnee, der heute zum ersten Mal in diesem Jahr gefallen
war. Beim Rasieren hatte er sich zwei Mal geschnitten, am
Kaffee die Zunge verbrannt und jetzt stand auch noch die
hübsche Rothaarige nicht am Bahnsteig. Vielleicht war er ja
mit dem linken Fuß aufgestanden.

Missmutig stieg er in den Regionalexpress 57209 nach
München und befand sich kurze Zeit später eingequetscht
zwischen all den Büroameisen, die wie er pendelten. Er versuchte, tief durchzuatmen. Aber alles, was in seiner Nase
ankam, war eine Mischung aus Parfümerieabteilung und
Zahnarztwartezimmer. Dazu der warmnasse Muff von jahre-
lang nicht gereinigten Wintermänteln, in denen die Men-

schen jetzt vor sich hin dampften. Und dank der Toiletten mitten im Waggon bekam dieses Duftgemisch die leichte Kopfnote von Ammoniak. Wenn jetzt noch irgendjemand einen fahren ließ, dann würden Köpfe rollen, das wusste er. Er grinste. Und dann sah er die Krawatte. Ein schreiend gelber Streifen, auf dem Micky Maus ein Auge zukniff und mit dem Zeigefinger seiner weiß behandschuhten Hand grinsend auf ihn zeigte.

Sein Magen verkrampfte sich und in seinen Ohren fing es an zu pfeifen. Erst ein ganz leises Fiepen, das langsam lauter und lauter wurde, bis er das Gefühl hatte, dass ihm das Trommelfell platzen würde. Er versuchte, nach Luft zu schnappen, spürte aber, dass sein Hals wie zugeschnürt war. Kalter Schweiß rann ihm den Rücken herunter. Er musste jetzt einfach nur die Augen schließen und sich auf seine Atmung konzentrierten. Er kannte das Spiel. Es war nicht das erste Mal, dass sein Körper so reagierte. Er hatte gelernt, damit umzugehen. Mit den Bildern der Erinnerung. Und mit Micky Maus. Vollständig loswerden konnte man die vergangenen Erlebnisse nicht, hatten die Ärzte gesagt, genauso wenig wie man Daten auf einem Computer endgültig löschen konnte. Oder Micky Maus. Er konnte nur lernen, mit all dem zu leben. Musste es.

Nur manchmal meint irgend so ein wild gewordener Halbwüchsiger, dass die Umgehungsstraßen eine fantastische Rennstrecke seien. Dann wird es eng. Mit Engelszungen kann man da zwar reden, aber es hilft leider oft nichts und sie landen in den Leitplanken oder am Baum. Und richtig schlimm wird es, wenn sie das Auto mit Freunden vollgeladen haben und womöglich noch mit Promille im Blut den Vettel raushängen lassen. Traurig.

Endlich fuhr der Zug in München-Pasing ein und die Türen öffneten sich. Er widersetzte sich dem Drang, sofort aus dem Zug zu stürmen. Stattdessen japste er nach der kalten Luft, die hereinströmte, pumpte wieder Sauerstoff in seine Lungen. Er, Steffen Berger, würde nicht kapitulieren.

Langsam öffnete er wieder die Augen und ließ seinen Blick über die Mitfahrenden wandern. Der Mann mit der Krawatte war noch da, er würde also auch bis zum Hauptbahnhof fahren. Er zwang sich, in das Gesicht des Krawattenträgers zu schauen, der keine zwei Meter von ihm entfernt stand. Der Mann, fast einen Kopf kleiner als er, hatte dunkle Augen und eine Halbglatze. Steffen Berger musterte ihn, rasterte alles ab, was er von ihm sehen konnte: ein aufgedunsenes Gesicht, dürre Hände, einen Siegelring. Die Krawatte, die wie ein Strick an seinem Hals hing, versuchte er zu ignorieren.

Der Zug fuhr in München ein und wie ein Hund lief er dem Mann hinterher, musste wissen, wer er war. Sein Verstand lachte ihn aus, brüllte ihm entgegen, ob er immer noch jedem hinterherrennen wolle, der eine Micky-Maus-Krawatte oder ein -Sweatshirt trägt? Nur noch das eine Mal, sagte er zu sich selbst. Du machst dich ja lächerlich, bekam er zur Antwort. Vor wem?, fragte sich Steffen und rannte die Stufen zur U-Bahn hinunter. Rief im Büro an, dass er krank sei und auf dem Weg zum Arzt, er würde sich wieder melden. Wartete am Bahnsteig zusammen mit dem Mann auf die U-Bahn und setzte sich ihm gegenüber. Nein, er konnte keine Ähnlichkeit entdecken.

Wie viele Jahre waren seitdem vergangen?

28 Jahre, 4 Monate, 11 Tage, 17 Stunden.

So lange war Simon tot, doch es verging kein Tag, an dem Steffen nicht an ihn dachte. An seinen Tod … und an Michael. Nur die Albträume hatten in den letzten Jahren abgenommen. Auch die Panikattacken, wenn er die Trickfilm-figur irgendwo sah, waren nicht mehr ganz so schlimm wie früher. Waren eigentlich fast verschwunden. Das heute war eine Ausnahme, ein Rückfall, der sich hoffentlich nicht mehr wiederholen würde. Nur von seiner Traurigkeit, die er seit damals tief in sich trug, hatte ihn niemand befreien können.

Als der Mann mit der Krawatte ausstieg, stieg auch Steffen aus, ging über die Straße wie er, kaufte am Kiosk ebenfalls eine Zeitung und auch eine Leberkässemmel. Blieb dicht hinter ihm, folgte ihm, ohne zu zögern, in einen gläsernen Büroturm, fuhr zusammen mit ihm im Aufzug, wählte eine Etage höher als der Mann und lief danach die eine Treppe wieder hinunter.

Van der Meulen, Rechtsanwälte stand auf dem Messingschild. Ratlos starrte er auf die Namen. Wieder einmal hast du dich zum Narren gemacht, dachte er und zog gleichzeitig sein Handy aus der Tasche. Nur diesen einen Anruf noch. Er suchte im Internet die Telefonnummer der Kanzlei und meldete sich mit falschem Namen, fragte nach Michael Müller. Er bekam freundlich zur Antwort, dass er sich vielleicht in der Kanzlei geirrt habe.

Nachdenklich verließ er das Bürogebäude und setzte sich in ein Café gegenüber. Bestellte einen Espresso und sah die Bilder von damals vor sich. Wie in so vielen Träumen.

Sah den Bunker. Diesen kleinen Betonklotz mitten in dem kleinen Wäldchen, den sich die Natur langsam, aber sicher zurückeroberte. Vergangenheitsrelikt, verdrängt von den Erwachsenen, gemieden von den Kindern. Der neue, große Spielplatz war interessanter, vor allem sicherer. Simon und er aber waren fast jeden Tag am Bunker gewesen, hatten ihn geliebt. Was sie aber genau an dem Tag vor achtundzwanzig Jahren dort gespielt hatten, daran konnte er sich nicht mehr erinnern. Schatzsuche, Weltumseglung oder Wilder Westen?

Er wusste es nicht mehr. Der Bunker war ihr Geheimnis, ihre Welt, die sie mit niemandem teilen wollten. Und doch war an dem Tag auf einmal die Clique aufgetaucht. Allen voran Michael, der Anführer. Simons Peiniger seit der Grundschule. Er baute sich vor ihm auf und lachte, verhöhnte, beschimpfte ihn. Trampelte auf ihren selbst gebastelten Spielsachen herum und schaute zu den anderen. Wollte deren Anerkennung, die er auch bekam. Alle johlten und feuerten ihn weiter an. Wie immer. Niemand widersprach einem Michael Müller oder legte sich mit ihm an.

Steffen hatte damals hinter einem Baum gestanden, hatte sich versteckt und irgendwann gewundert, warum er kein Rufen vom älteren Bruder mehr hörte. Langsam hatte er sich auf den Boden gleiten lassen, war durch das Laub gerobbt, noch völlig in das Spiel vertieft und dann hatte er plötzlich die Stimme gehört. Michaels Stimme. Sah, wie er immer näher an Simon herantrat, ihn wieder und wieder mit einem dicken Stock vor die Brust stieß, wie Simon versuchte, rückwärts auszuweichen, stolperte und von der Bunkerkante in den Tod fiel.

Jeder Einzelne von uns gibt sein Bestes. Immer und immer wieder versuchen wir, den Kids ins Gewissen zu reden. Was du nicht willst, das man dir tu, das füg auch keinem andern zu, mahne ich. Und wenn das nicht hilft, setz ich noch einen oben drauf: Nur Würstchen lassen den Larry raushängen, zeig mal wirkliche Größe, aber dazu bist du ja zu doof. Aber nicht immer kommt das in den Spatzenhirnen an. Leider.

Die Bedienung kam an seinen Tisch, riss ihn aus den Gedanken und fragte, ob er noch etwas bestellen möchte, sie hätten ganz frischen Apfelstrudel. Einen Schnaps würde er jetzt gerne trinken. Und einen zweiten. Sich betäuben. Doch er schüttelte nur den Kopf. Verscheuchte damit auch die alten Gedanken und griff zu seinem Handy, loggte sich ins Internet ein und suchte die Seite der Kanzlei. Einer der Rechtsanwälte hieß Michael van der Meulen. Michael. Sein Herz machte sich selbstständig, raste. Dieser Bastard musste seinen Nachnamen geändert haben. Hatte geheiratet und den Namen seiner Frau angenommen. Automatisch wählte er noch einmal die Nummer der Kanzlei, kappte aber sofort wieder die Verbindung. Was wollte er ihn fragen? Ob er der Michael von damals sei? Der, der sich von allen Micky nennen ließ, weil er immer diese Disneyland-Klamotten von seinem Onkel aus Amerika geschickt bekam und meinte, dadurch etwas Besonderes zu sein? Der die Kleineren tyrannisierte, um seinem Gefolge zu zeigen, was für ein toller Kerl er war. Ein Häuptling. Die anderen, die mit ihm durch die Gegend zogen, waren letztendlich genauso schuld. Aber sie hatten Simon nicht gestoßen, sie hatten nur zugeschaut. Zugeschaut und hinterher gelogen.

Völlig unvermittelt lachte er auf. Absurd. Alles hier war absurd. Er saß mitten in München, beobachtete den Eingang eines Bürohauses und wartete darauf, dass ein Anwalt mit Micky-Maus-Krawatte herauskam. Wahrscheinlich war der Mann nur ein völlig unschuldiges Würstchen mit einem schlechten Geschmack. Und einer von Hunderttausenden in Deutschland, der zufälligerweise auch Michael hieß. Nicht mehr und nicht weniger. Nur er, Steffen, hatte dieses Trauma, dem er bis heute nicht Herr geworden war. Der wollte, dass die Tat eines halbwüchsigen Großmauls gesühnt wurde. Er schwor sich, dass diese Aktion die letzte bleiben würde, bestellte noch einen Espresso und wartete.

Als eine Kirchenuhr fünf Mal anschlug und sich Steffen fragte, wo in aller Welt in dieser Betonwüste noch eine Kirche stand, verließ der Mann das Bürogebäude. Obwohl es schon dunkel war und wieder angefangen hatte zu schneien, sah Steffen ihn sofort. Er legte Geld auf den Tisch und verließ hastig das Café. Wie Stunden zuvor fuhr er zusammen mit dem Mann in der U-Bahn. Der Weg war bekannt, sie beide würden mit dem Zug zurückfahren. Zurück in die Schlafdörfer, in die selbst geschaffene Idylle. Nach Hause.

Und dann die Durchgeknallten, die meinen, sich vor den Zug werfen zu müssen. Ein letztes Mal Aufmerksamkeit auf sich ziehen. Der große Zapfenstreich. Am besten morgens um acht vor einen vollen Pendlerzug. Albtraum eines jeden Lokführers. Oft konnten sie danach nie wieder einen Zug fahren.

Steffen ließ den Mann, der jetzt Stöpsel in den Ohren hatte, nicht aus den Augen. Fragte sich, was er wohl für Musik hörte, versuchte, sich gleichzeitig krampfhaft auf sein Buch zu konzentrieren. Aber die Buchstaben vor seinen Augen wurden keine Wörter. Nichts, was er las, ergab einen Sinn.

Er hörte nur das nächtliche Weinen seines großen Bruders. Sah die Angst in seinen Augen, wenn er schluchzend erzählte. Von den Quälereien in der Schule. Von Michael und den zerrissenen Heften, den brutalen Schlägen, den Demütigungen, für die er vor dem strengen Vater immer neue Ausreden erfand.

Mammendorf, Haspelmoor, Althegnenberg.

In so vielen deutschen Städten hatte er gelebt und doch wohnte er jetzt wieder am Ort seiner Kindheit.

An den er niemals wieder zurückkehren wollte.

Mering.

Der Zug leerte sich. Die meisten stiegen hier aus. Steffen hätte hier ebenfalls den Zug verlassen müssen, aber er fuhr weiter. Wie der Mann mit der Krawatte.

Mering-St. Afra.

Der Mann stand auf und stellte sich vor die Zugtür. Steffen wartete, bis der Zug hielt, stieg ebenfalls aus, lief altbekannte Straßen entlang, bis es für ihn keinen Zweifel mehr gab – der Mann, den er verfolgte, war wie er mit seiner Familie in das Haus der verstorbenen Eltern gezogen.

Der Mann mit der Krawatte zog einen Schlüssel aus der Manteltasche und öffnete die Haustür, warf einen Blick zurück auf die Straße, so als wüsste er, dass jemand ihm gefolgt war. Kinderjubeln und -lachen begrüßten ihn, er zog die Tür hinter sich zu.

Steffen starrte auf das Haus. Er hatte recht gehabt, doch er spürte weder Freude noch Trauer. Vielmehr ein Entsetzen, dass seine Vermutung von heute Morgen stimmte. Er nicht einer Obsession gefolgt war, sondern tatsächlich dem Mörder seines Bruders.

Jetzt stand er hier und war mit nichts darauf gefasst. Was wollte er nun tun? Seine Gedanken rasten. Eine Pistole besorgen, Michael mit dem Auto überfahren oder ihn aus dem Haus locken und … was dann?

Das Blut pochte in seinen Ohren, seine Nackenmuskeln verkrampften sich und er zitterte.

… und dann gibt es Dinge, die so klein und scheinbar unscheinbar sind, dass man sie fast übersieht. Aber das darf nicht passieren und da heißt es, ganz schnell und wachsam zu sein. Wie letztens bei diesem Steffen und dem Mann mit der Krawatte. Eine alte Geschichte. Nach so vielen Jahren.

Langsam ging Steffen auf das Haus zu und klingelte. Eine kleine rundliche Frau, die ihn herzlich anlachte, öffnete die Tür.

»Guten Abend.« Fragend.

»Ich hätte gern kurz Ihren Mann gesprochen«, antwortete

Steffen. »Wir kennen uns von früher«, fügte er nach einer kleinen Pause hinzu.

Die Frau drehte sich um, nahm ein Kind, das neugierig zum Eingang gekommen war, an der Hand und rief nach Michael.

»Komme gleich«, tönte es irgendwo aus einem oberen Stockwerk und kurze Zeit später standen sich die zwei Männer in der Haustür gegenüber.

Michael nickte. »Ja?«

»Michael?«, fragte Steffen leise. »Michael Müller?«

»Ja. Früher«, der Mann mit der Krawatte lachte. »So hieß ich vor Ewigkeiten. Mein Name ist jetzt van der Meulen. Womit kann ich Ihnen denn helfen?«

Als er keine Antwort bekam, runzelte er die Stirn. »Kennen wir uns?«

Steffen ging einen Schritt rückwärts, konnte die Nähe des Mannes nicht ertragen. Wie schon am Morgen lief ihm kalter Schweiß über den Rücken, schnürte es ihm den Hals zu. Er schnappte nach Luft.

»Was wollen Sie?«, hörte er durch das Fiepen in seinen Ohren. Seine Hände verkrampften sich. Er atmete tief in seinen Bauch und schaute Michael in die Augen.

Er, der damals so übermächtige und berüchtigte Anführer, war heute ein kleines, schmächtiges Männlein mit Bauchansatz. Wie einfach wäre es jetzt, ihm die Kehle zuzudrücken, seinen Kopf so lange gegen die Hauswand zu schlagen, bis er tot liegen bliebe.

Halt, habe ich ihn gewarnt, schalt dein Gehirn ein! Überleg dir genau, was du jetzt tust. Das kann nicht die Lösung sein, nach der du gesucht hast. Aber richtig durchgekommen bin ich zu ihm nicht. Ich musste lauter werden und habe nachgebohrt: Was willst du? Rache? Hätte Simon das gewollt?

»Ich … bin … der Bruder von Simon«, brachte Steffen mühsam hervor.

Erst jetzt bemerkte er den Jungen, der sich neben Michael gestellt hatte und die Hand seines Vaters nahm.

»Papa? Kommst du?«

Also was ist?, habe ich noch mal nachgehakt. Rache oder Vergebung? Was fühlt sich besser für dich an? Du musst dich entscheiden … Jetzt.

Steffen ballte seine Fäuste und kniff die Augen zusammen. Der Mann mit der Krawatte ging in die Hocke, legte einen Arm um die schmalen Schultern seines Sohnes und blickte zu Steffen hoch. Aschfahl im Gesicht.

Flüsterte. »Es tut mir leid … so unendlich leid.«

Danach senkte er den Blick.

Steffen betrachtete den Jungen. Wie alt mochte er sein? So alt wie Simon damals. Zehn, elf vielleicht.

Schade, dachte Steffen, Simon könnte jetzt auch Vater sein, wenn der Schutzengel damals durchgedrungen wäre. Wenn Michael auf die Warnungen und Bitten gehört hätte.

Steffen sah die fragenden Augen des Jungen, lächelte ihn kurz an. Dann wandte er sich ab und ging.

»Wer ist der Mann, Papa?«

Abrupt blieb Steffen stehen, sah sich noch einmal um. Brauchte einen Moment, bis er reden konnte. »Jemand, der deinem Papa nur kurz etwas sagen wollte«, für einen Moment hielt er inne, »ich wollte ihm sagen, dass jetzt alles in Ordnung ist.«

Entschlossen drehte er sich um und ging nach Hause.

... 1991 in Deutschland der erste ICE in Betrieb genommen wurde?
Zurzeit befindet sich die dritte Generation des
Hochgeschwindigkeitszuges auf den Schienen.

ICE Duisburg – Hannover

Niklaus Schmid

Mogge und die Mitfahrer

Der eine, den sie Kinki nannten, trug ein Polyesterhemd mit
ausgebeulter Hose, die zwei Handbreit über den Klettsanda-
len endete. Der Zweite holte aus einer schwarzen Aktentasche, wie sie Geschäftsreisende benutzen, eine Tupperdose
mit Apfelstückchen. Der Dritte, der neben mir saß, ver-
strömte den Duft eines Seifenspenders aus der Bahnhofstoilette. Der Vierte in dem Abteil des ICE war ich. Und dann
gab es noch die Frau, die mir gegenübersaß und ein Katzen-
körbchen auf dem Schoß hielt.

Wir alle waren auf dem Weg nach Hannover, angeblich für
umsonst, wie man im Ruhrpott sagt. Wir alle waren Kinkis
Freunde oder, authentischer gesprochen, wir waren dem
Kinki seine Freunde. So hatte er uns das in Duisburg am
Bahnhof eingebläut: »Wegen der Fahrscheinkontrolle.«

Kinki bezog, wie ich bei meiner ersten Fahrt mit ihm erfahren hatte, Hartz IV und besaß eine Monatskarte, auf der
er samstags vier Freunde mitnehmen durfte. Unentgeltlich,
so steht es im Kleingedruckten. Er aber kassierte von seinen
Begleitern, die andernfalls für die Fahrt fünfundfünfzig Euro

hätten bezahlen müssen, je zwanzig bar auf die Kralle. Während der zweieinhalbstündigen Fahrtzeit verdiente er also achtzig Mäuse, am Tag dreihundertzwanzig. Denn Kinki machte jeden Samstag vier Touren, zwei hin, zwei zurück. Dies war die letzte Fahrt zurück zu seinem Wohnort, und die hatte ich ganz bewusst gewählt.

Die Kontrolle stand uns noch bevor, denn wir hatten ja gerade erst Essen passiert. Ich blickte aus dem Fenster, sah irgendwann das goldfarbene Dortmunder U der Union-Brauerei und rief mir ins Gedächtnis, wie ich in die Bahn und die Gesellschaft dieser Mitreisenden gekommen war …

✳

»Schauen Sie sich regelmäßig den *Kriminalreport* an? Ich meine aus beruflichen Gründen. *Elmar Mogge – Personenschutz & private Ermittlungen*, habe ich in den Gelben Seiten gelesen.«

»Hin und wieder«, hatte ich etwas lahm geantwortet. Es kam eben nicht oft vor, dass mich ein Klient nach meinen Fernsehgewohnheiten fragte.

Der Mann um die fünfzig hatte sich mit Theo Dressler vorgestellt. Er trug eine Lederweste, wie sie bei Lastwagenfahrern beliebt ist, und machte ein Gesicht, als hätte er schon viele Pannen erlebt, auch persönlicher Art.

Dressler schilderte mir die Sendung in Stichworten wie aus einem Drehbuchskript: »Ein alter Fall. Achtzigerjahre. Nachbarn rufen die Polizei, weil aus einer Mietwohnung seltsame Gerüche strömen. Drinnen liegt ein junger Mann, erstochen. Jede Menge Blut. Darunter aber auch solches, das nicht vom Opfer stammt. Die Polizei nimmt an, dass der Täter sich verletzt hat. Viel mehr konnte die Untersuchung beim damaligen Stand der Technik nicht feststellen. Der Fall kam zu den Akten.«

»Einer der vielen ungeklärten Mordfälle.«

»Richtig. Doch einem Polizeibeamten lässt das keine Ruhe. Vor einiger Zeit greift er den Fall wieder auf. Er holt die Blutprobe aus der Asservatenkammer und schickt sie zum Landeskriminalamt. Dank neuester Technik – Bingo! Der genetische Fingerabdruck ist registriert worden. Allerdings bei einer eher geringfügigen Tat, einem Einbruch in eine große Zoohandlung in Duisburg. Eindeutiges Beweismittel. Was aber bis heute fehlt, ist die Person, zu der dieser genetische Fingerabdruck passt.«

Er unterbrach sich. »Sie schauen etwas gelangweilt, hätten Sie die Sendung gesehen, müsste ich nicht so weit ausholen.«

Ich hob die Hand mit einer auffordernden Geste, er straffte die Schultern und erzählte weiter: »An dem Einbruch waren zwei Täter beteiligt und einer von ihnen hatte sich an der Glasscherbe eines Terrariums verletzt, laut Blutanalyse der gesuchte Mörder. Ein anderer Mann stand draußen Schmiere.«

»Woher wissen Sie das so genau?«

»Weil ich der Mann bin, der Schmiere stand.«

»Aha.«

»Sie sagen es. Der Kripobeamte, der in der Sendung auftrat, hofft nämlich, dass der zweite Mann sich als Zeuge meldet. Mit anderen Worten: Ich soll meinen damaligen Komplizen verpfeifen. Denn rechtlich gesehen, hätte der Augenzeuge, der Denunziant, nichts zu befürchten. Zumal mir höchstwahrscheinlich nicht bewusst gewesen sei, die Tat zusammen mit einem Mörder begangen zu haben. Der Moderator der Sendung sprach außerdem von einer hohen Belohnung.«

»Tolles Angebot! Und wo genau ist jetzt Ihr Problem?«

»Mein Problem ist, dass auch der Mörder die Sendung gesehen haben kann«, er holte tief Luft, »und dass er geneigt ist, mich als Zeugen auszuschalten.« Er fuhr sich mit der Handkante über die Kehle.

»Verstehe. Gehen Sie zur Polizei, sagen Sie aus. Das bringt den Mörder hinter Gitter und Sie haben nichts mehr zu befürchten.«

»Sie sollten es besser wissen. Hat der Mann einen guten Anwalt, wird er nur wegen fahrlässiger Tötung verurteilt. Entweder lassen sie ihn sofort laufen oder er kommt nach relativ kurzer Zeit wieder aus dem Bau. So oder so, er wird sich an mir rächen.«

»Dass Sie Angst haben, Herr Dressler, ist mir nun klar. Was aber erwarten Sie von mir?«

»Finden Sie den Mann. Dann kann ich ihm sagen, dass ich die Schnauze halten werde. Nur …«

»Ja?«

»Finden Sie ihn schnell, bevor er mich findet. Der Kerl könnte mich am helllichten Tag über den Haufen fahren oder nachts vor meinem Bett auftauchen. Mit einem Messer in der Hand.« Er wischte sich über die Stirn.

Um mir den Auftrag schmackhaft zu machen, sagte er nach einer Weile: »Ich will nur wieder ruhig schlafen, die Belohnung können Sie kassieren. Zusätzlich zu dem Honorar natürlich. Ja, wie sieht es damit eigentlich aus?«

Ich nannte ihm meinen Tagessatz, erwähnte ein Erfolgshonorar und machte mir ein paar Notizen. Viele Infos konnte er mir nicht liefern. Der Komplize hatte sich bei meinem Klienten als Paul mit irgendeinem polnisch klingenden Nachnamen vorgestellt. Und sein Wagen hätte im Kennzeichen ein H für Hannover gehabt und im Heck ein Hundegitter.

»Hundegitter?«

»Ja, wegen der Podenco-Hunde, mit denen er auf Jagd ging. Mit den Podencos brauche er keinen Jagdschein, hat er mal erwähnt, diese Hunde würden ihm die Karnickel lebend vor die Füße legen.«

Suchen und apportieren. So ähnlich stellte sich mein Klient wohl auch die Arbeit eines Privatdetektivs vor.

Zwei Tage später scheuchte ich meinen Passat auf der A 2 in Richtung Norden. Ich ließ den Häuserbrei des Ruhrgebiets hinter mir, fuhr an Weiden und wogenden Kornfeldern vorbei, sah schließlich die verdrehten und verschobenen Blöcke der NORD/LB und etwas später am Leibnizufer die Plastiken von Niki de Saint Phalle, bunt und rund wie die Skulptur in Duisburgs Mitte.

Die Podencos waren der Punkt, an dem ich anknüpfen wollte. Ich ging zum örtlichen Tierschutzverein. Der älteren Dame beim Empfang erklärte ich, dass ich mich während meines Ibiza-Urlaubs in die dort typischen Jagdhunde verguckt hätte und nun jemanden suche, der Erfahrung mit dieser Rasse habe.

»Ja, wir haben mal einen Podenco Ibicenco vermittelt, aber …« Sie hob die Augenbraue.

Es stellte sich heraus, dass der Mann seine Hunde zwar ordentlich halte, wie es die vom Verein vorgeschriebenen Nachkontrollen gezeigt hatten, aber dass er eben auch ein bisschen seltsam sei. Er wohne in einer Hütte am Waldrand und bestehe darauf, seine Tiere nicht mit dem vom Verein empfohlenen Trockenfutter, sondern mit Fleischabfällen zu füttern.

Ich versicherte der Tierschützerin, dass so etwas bei mir nie vorkäme. Ganz nebenbei steckte ich in die Sammeldose, die auf dem Tresen stand, einen zusammengefalteten Schein. Anschließend schrieb ich mir die Spendennummer des Vereins sowie Namen und Adresse des Podenco-Besitzers auf.

Er hieß Janusz Kisinski. Also nicht Paul, wie mein Klient gesagt hatte. Aber was bewies das schon?

Die Hütte entpuppte sich als ein recht solides Holzhaus. Daneben entdeckte ich einen von Büschen umgebenen Zwinger aus Maschendraht. Ich hielt Ausschau nach einem Wagen mit Hundegitter, sah aber keinen. Ich näherte mich dem Haus mit lauten Rufen, pochte an die Tür und ließ die dort befestigte Glocke bimmeln.

Keine Männerstimme, kein Hundebellen, Haus und Zwinger waren leer.

Die Tierschützerin hatte erwähnt, dass Kisinski seine Hunde gern am Fluss herumtoben ließ. Ohne Leine an der Leine? Meinen kleinen, zugegeben etwas flachen Scherz hatte sie mit Stirnrunzeln quittiert.

Bis zum Fluss war es nicht weit. Ich stellte meinen Wagen an den Uferwiesen ab und erfreute mich am Anblick einer Schafherde, weil sie mich an die heimische Rheinidylle erinnerte, wenngleich die markante Industriekulisse fehlte. Dafür erspähte ich in der Ferne einen Mann und drei Hunde. Es waren mittelgroße und schlanke Tiere, sie hatten weißes Fell mit rostbraunen Flecken, große Tütenohren und eine lange Schnauze.

Scheinbar ziellos schlenderte ich auf ihren Herrn zu.

Als ich ihn fast erreicht hatte, kamen die Hunde auf mich zugestürmt und umkreisten mich, bis der Mann einen Pfiff ausstieß.

Ich sprach ihn an: »Toll, wie die gehorchen. Podencos, nicht wahr? Machen einen guten Eindruck.«

»Ja, wieso?«

Ich gab wieder meine Ibiza-Geschichte zum Besten, wo mir angeblich ähnliche Hunde aufgefallen waren, die zumeist unter schlimmen Bedingungen gehalten wurden. »Ständig eingesperrt, nur zur Jagdzeit durften sie mal frei laufen.« Ich wies mit dem Kinn zu der Herde. »Den Schafen tun die nichts?«

»Nee, sind die ja gewohnt. Podencos haben auch kein Problem mit dem Federvieh, die gehen nur auf Kaninchen und so was.«

»Tatsache? Das beruhigt mich, weil ich mir nämlich einen anschaffen möchte und ihn, so wie Sie, gern frei laufen lassen will. Auf den Rheinuferwiesen.«

»Sie sind nicht von hier?«

»Duisburg.«

Es stellte sich heraus, dass auch er aus dem Ruhrgebiet stammte, dort noch Verwandte hatte und sie öfters besuchte. Seine Verbindung zum Ruhrgebiet, die Podenco-Hunde, das Alter und die Beschreibung – klein, schmal, schütteres Haar –, alles passte. Dennoch war ich mir nicht sicher, jenen Mann vor mir zu haben, der vor Jahrzehnten sein Opfer erstochen hatte.

Es gab nur einen Menschen, der ihn als Mörder identifizieren konnte: mein Klient.

»Ich fahre morgen oder übermorgen zurück ins Ruhrgebiet, wenn Sie mitkommen wollen.«

»Wieso?«

»Ich dachte nur, falls Sie Ihre Verwandten besuchen wollen. Während der Fahrt könnten wir uns über die lautlosen Jäger unterhalten, so nennt man die Podencos doch.«

»Ja, lautlose Jäger.« Er verzog den Mund zu einem schiefen Lächeln. »Nee, danke, wenn ich verreise, dann nur per Bahn, morgens hin und schnell wieder zurück, muss doch wegen der Hunde nachts zu Hause sein.«

Also nicht. War ein Versuch gewesen. Vielleicht genügte es ja, wenn ich heimlich von ihm ein Foto machte. Meine Kamera lag im Wagen …

»Ich werd dann mal wieder«, sagte ich, während ich an einem Grasbüschel die Schafkacke von meinen Schuhen rieb. »Erik. Ich heiße übrigens Erik.« Elmar hätte zu viel verraten.

»Jan.« Er musterte mich unverhohlen. »Wenn Sie mal wieder nach Hannover müssen, auf der Suche nach einem Podenco, dann könnte ich Sie mitnehmen. Auf meiner Monatskarte, aber nur samstags, für umsonst. Na ja, fast. Zwanzig Mäuse, Freundschaftspreis, ist fürs Hundefutter.«

»Doch, ja, schon möglich, ich könnte Sie anrufen.«

»Nee, SMS, Ihren Namen und genaue Uhrzeit des ICE von Duisburg bis Hannover. Das gilt. Wer mich hängen lässt, den setz ich auf die schwarze Liste.«

Er gab mir seine Handynummer.

Die Hunde, die bislang lautlos über die Flusswiesen gehetzt waren, fingen an zu jaulen.

»Die haben was aufgestöbert, kommen aber wegen der Dornenbüsche nicht ran.« Herrchen Jan bückte sich, nahm einen Stein auf und warf ihn in Richtung der Büsche. »Vielleicht treibt das die Beute raus, dann ist sie geliefert.«

Und was war mit meiner Beute?

Ich rief meinen Klienten an, sagte ihm, dass ich seinen Komplizen gefunden habe, mir aber nicht ganz sicher sei. Nein, ein Foto könne ich nicht machen. Der Mann wirke zwar harmlos, doch traue ich ihm einen tierischen Instinkt zu, den er sich vielleicht durch den Umgang mit seinen Hunden angeeignet habe.

»Wie geht es weiter?«, wollte mein Klient wissen.

»Der Mann, er nennt sich Jan, fährt übermorgen, also Samstag, mit der Bahn nach Duisburg. Ich bleibe hier und werde, unter einem Vorwand, den ich mir noch überlegen muss, mit ihm fahren, in aller Frühe hin und abends wieder zurück.«

»Wollen Sie Spesen schinden?«

»Unsinn! Dieser Jan hat eine Art Nebenerwerb aufgetan, der kutschiert samstags sogenannte Freunde im ICE die Strecke rauf und runter.«

»Und wie komme ich ins Spiel?« Ich hörte meinen Klienten schnauben, ob aus Angst vor Freude konnte ich nicht deuten.

Ich erklärte ihm meinen Plan, dann legte ich auf.

Am anderen Morgen, nach dem Frühstück im Hotel, schrieb ich Jan eine SMS:

Auto kaputt, habe Samstagmittag Termin in Du, abends wieder zurück H. Steht Ihr Angebot? Erik

Ich drückte auf *Senden* und schickte eine zweite hinterher: *Bin über Podencos in Not an einen Kontakt gekommen. Der Hund wird mit einem Paten von Ibiza eingeflogen. Freude! Erik*

Es dauerte nur ein paar Minuten, bis mein Handy summte. Ich las: *Alles klar. ICE ab Hannover 7:31, an Duisburg 9:47, ab Duisburg 20:10 an Hannover 22:28. Je 20 €. Jan. Für meine Bahnfreunde bin ich der Kinki.*

Klang verdammt routiniert. Wenn der Mann als Täter ebenso professionell gehandelt hatte, dann war es kein Wunder, dass man ihn nicht geschnappt hatte …

≿

… So weit war ich in meinen Gedanken, als im Nachbarabteil die Kontrolle begann. Kinki hob den Daumen. »Nix sagen. Ich mach das.«

Dann ging bei uns die Tür auf: »Guten Abend! Die Fahrausweise bitte.«

Kinki zückte seine Monatskarte. Der Schaffner kontrollierte sie, dann warf er einen Blick in die Runde. »Die Dame, die Herren?«

»Freunde. Wir fahren zum Rockfestival«, warf Kinki ein, er nickte mir zu. »Erik hat uns eingeladen.«

Dass wir uns alle per Vornamen anredeten, war auf dem

Bahnsteig besprochen worden. Die Einladung zum Rock-konzert überraschte mich. Ich hob die Schultern, sagte: »Tja, zum Geburtstag.«

Der Schaffner wünschte uns viel Spaß. Er konnte ja nicht ahnen, dass sich in unserer Mitte ein Mörder befand.

Obwohl, so ganz sicher war ich mir immer noch nicht. Die Begegnung zwischen Kinki und meinem Klienten stand noch aus.

Die Landschaft, wir befanden uns zwischen Hamm und Bielefeld, war nicht besonders aufregend, meine Mitreisenden schwiegen und die Fahrgeräusche wirkten beruhigend.

Ich schloss die Augen und rief mir das Gespräch mit meinem Klienten in Erinnerung. Wie die Sache eigentlich abgelaufen sei, hatte ich ihn gefragt, der Einbruch in das Tiergeschäft.

»War mehr eine riesige Zoohandlung«, hatte er klarge-stellt. »Vom Goldfisch bis zum Hamster, vom Katzenklo bis zur Zeckenzange alles vorhanden. Großhandel eben. Nur war es so, dass der Besitzer kurz zuvor dazu übergegangen war, Welpen zu verkaufen, was viele Leute aufregte. Mich auch. Es gab Protestaktionen. Die armen Tiere, die zu früh von der Mutter getrennt wurden. Angepriesen wie Futter-näpfe, übereilt gekauft, schnell ausgesetzt.

Bald sah man Transparente: *Welpen sind keine Ware.* Das Fernsehen baute Kameras auf, die Zeitungen schickten Re-porter. Doch nach einer Weile war der Presserummel vorbei und keiner kümmerte sich mehr darum.

Irgendwann sprach mich besagter Paul an, der von mei-nem Einsatz gegen diese Art von Welpenverkauf erfahren haben musste. ›He, Mann‹, sagte er, ›was soll das Jammern, so funktioniert das eben mit den Medien.‹ Er schlug mir eine wirksamere Aktion vor. ›Wir gehen rein in den Laden und holen die armen Welpen raus.‹ Er habe auch schon eine Stel-le, wo sie es anschließend besser hätten.

Die Aktion war recht einfach. Die Gebäude der Zoogroß-handlung grenzten an ein leer stehendes Haus, in dem, bevor die Flachbauten hochgezogen wurden, Penner übernachteten und Drogentypen sich einen Schuss setzten; auch war es ein Treff für Schwule, die nach Strichjungen Ausschau hielten.

Ob Paul selbst einer vom anderen Ufer war, keine Ahnung. Jedenfalls wusste er, dass man von dem verlassenen Haus durch einen Kellergang in das Hauptgebäude der Zoohandlung gelangen konnte. Ich sollte nur aufpassen, ob jemand kommt, und später die Welpen annehmen, zwei Dutzend etwa. Wir hatten Hundeboxen dabei.

Es klappte gut. Nacheinander übergab Paul mir die Welpen und zuletzt kam er mit einem großen Sack. Ich fragte, was er damit vorhabe, und er sagte, es wären Schlangen darin, für die er einen Abnehmer habe. Vielleicht war das gelogen und es handelte sich um die Tageseinnahmen. War ja um die Weihnachtszeit, wo der Tierhandel die großen Umsätze macht. Egal, mir ging es nur um die armen Welpen.

Ach ja, die Blutspur: Die Verletzung hatte sich mein Befreiungspartner angeblich zugezogen, als er die Schlangen aus dem Terrarium holte. Eine zersplitterte Scheibe wäre heruntergefallen und hätte sein Bein oberhalb des Knöchels getroffen. Die Narbe müsste noch zu sehen sein.«

Die Narbe! Ich schreckte aus meinen Gedanken hoch. Warum hatte ich vorher nicht daran gedacht? Am Flussufer hatte Kinki, so wie jetzt im Zug, Sandalen und dreiviertellange Hosen getragen. Eine Narbe war mir nicht aufgefallen.

Jetzt stieß er mich an: »He, Erik!«

»Ja?«

»Hier, Schokoriegel.« Wie schon auf der Hinfahrt verteilte Kinki kleine Geschenke. Kundenbindung nannte er das, großes Wort, als wäre er der Leiter eines mittelständischen Unternehmens. Konkurrenz hatte er schon, nach seinen

Worten waren das Leute, die sich Manni oder Addi nannten, in Wahrheit aber Mehmet oder Ali hießen.

»Unzuverlässig. Unseriös. Alle!«, schimpfte er auch jetzt wieder.

Während er anschließend zur Auflockerung der Atmosphäre einen Witz erzählte, erreichten wir die Vororte von Hannover.

Der Lautsprecher quäkte. Die Deutsche Bahn bedankte sich bei den Reisenden, die hier ausstiegen, und gab die Anschlussverbindungen bekannt.

Die Frau mit der Katze nahm das Tuch von der Transportkiste. Kinki prüfte sein Handy, zog eine abgegriffene Liste zu Rate und tippte mit beachtlicher Geschwindigkeit die Antwort. Sicher ging es um einen Mitfahrtermin für den nächsten Samstag.

Den er womöglich schon hinter Gittern verbringen müsste. Was würde dann mit seinen Hunden geschehen? Für einen Augenblick kam mir die Belohnung in den Sinn: ... sachdienliche Hinweise nimmt jede Polizeidienststelle ...

In dem Moment ging jemand vor unserer Abteiltür vorbei. Der Mann warf nur einen kurzen Blick auf uns. Es war mein Klient.

Ich erhob mich und öffnete die Tür. Dressler stand zwei, drei Schritte entfernt im Gang. Er nickte mir zu. Dann kam er zurück. Ich blieb am Fenster stehen.

»Entschuldigung«, sagte er, indem er sich mit seinem Rollkoffer an mir vorbeidrängte. »Aber mir war, als hätte ich gerade einen Bekannten gesehen.«

Aus den Augenwinkeln sah ich, wie Dressler das Abteil betrat, ich sah auch das Erstaunen in Kinkis Gesicht, als Dressler ihn ansprach.

»Hallo, kennen wir uns nicht?«

»Wieso? Ach, ja, kann sein«, sagte Kinki.

»Schöner Zufall.«

»Ja, schöner Zufall. Allerdings muss ich hier aussteigen.«

»Ich auch. Zeit für ein gemeinsames Bierchen? Wir sollten miteinander reden.«

»Klar«, antwortete Kinki. Begeistert klang das nicht.

Er verabschiedete sich von seiner Fahrgemeinschaft, gab jedem die Hand. Als er herauskam, auch mir.

Ich ging zurück zu meinem Platz und bot der Katzenfrau an, ihr mit dem Koffer behilflich zu sein. »Sehr lieb von Ihnen, mein Wagen steht auf dem Parkplatz.«

Da stand meiner auch.

Dort angekommen, flammte in einem Auto in der Parkbucht vor uns die Innenbeleuchtung auf. Bei einem Kombi mit Hundegitter im Heck. Und durch das Netz der Absperrung sah ich zwei Männer. Einer war Kinki, der andere mein Klient.

Wie die beiden da so nebeneinandersaßen, erinnerten sie mich an ein zerstrittenes Ehepaar, das mit dem Verlauf einer Feier unzufrieden war.

Nun, was hatte ich anderes erwartet? Nichts. Ich hatte den ehemaligen Komplizen meines Klienten gefunden; Dressler würde mit ihm reden. Meine Aufgabe war erfüllt.

Kinki lenkte seinen Kombi aus der Parkbucht. Gleich würde sich etwas in seinem Holzhaus abspielen. Aber ging mich das etwas an?

Ein paar Sekunden zögerte ich. Dann stieg ich in meinen Passat und folgte Kinki.

Als ich mich dem Haus näherte, sprangen die Hunde an den Gittern hoch. Doch nach einer Weile beruhigten sie sich, vielleicht weil ihnen mein Geruch von der Begegnung am Fluss vertraut war.

Ich drückte mich an die Hauswand. Drinnen ging es laut her.

»Ich dachte, du wolltest mit mir über die Beute reden.«
Das war Kinki.

»Du hast dir deinen Teil doch schon aus dem Sack genommen. Hast nicht geglaubt, dass da nur Schlangen drin sind.« Das war mein Klient.

»Und wieso bist du hier?« Jetzt mischte sich Panik in Kinkis Stimme.

»Weil ich was anderes regeln will!«

Schritte im Raum.

Dann wieder die Stimme meines Klienten: »Weg da von deinem verlausten Bett, Kumpel! Rat mal, was ich hier habe.«

Lange durfte ich nicht mehr warten. Ich griff nach zwei Steinen, den ersten warf ich gegen den Zwinger, um die Hunde in Schwung zu bringen, den zweiten in die Fensterscheibe. Und dann stand ich auch schon in dem Raum.

Beide reagierten sehr schnell. Mein Klient holte aus der Seitentasche des Rollkoffers eine Pistole hervor. Kinki griff unter das Bett und hielt plötzlich eine Schrotflinte in der Hand. Beide schossen nahezu gleichzeitig. Dresslers Schuss schlug in die Bettauflage ein. Kinkis Schrotladung traf meinen Klienten ins Bein. Dressler sackte zusammen, fiel auf die Knie, die Waffe entglitt ihm. Kinki ging auf ihn zu, er hob die Flinte am Lauf, schwang sie wie eine Keule.

»Es reicht, Janusz Kisinski!«

»Erik! Du? Sie?« Er schaute mich an wie einen Geist. »Was? Ich meine, was machen Sie … und wieso?«

»Wieso, wieso. Wieso jagen Ihre Hunde hinter Kaninchen her?«

»Beute.«

»Na eben.«

Ich erklärte es ihm in groben Zügen. Die Einzelheiten waren wenig schmeichelhaft für mich. Um ihn abzulenken, fragte ich: »Und was war los, bevor ich hier reinkam?«

»Er, mein ehemaliger Partner, wollte mit mir über meinen Anteil an dem Einbruch in die Zoohandlung sprechen. Mir ging es nur um die Welpen, ihm um die Kasse.« Er zog die Nase hoch. »Er hatte mich reingelegt.«

»Mich auch.«

»Wie das?«

»Er ist in Ihre Rolle geschlüpft.«

Dressler, der bisher nur gestöhnt hatte, schrie: »Stimmt nicht! Er ist der Mörder, er hat damals den jungen Mann erstochen. Jetzt wollte er mich erschießen, damit ich nicht als Zeuge gegen ihn aussagen kann.«

Kinki schüttelte den Kopf. »Wovon redet der?«

»Von einer Fernsehsendung, einem alten Fall aus den Achtzigerjahren und von einer Blutspur.« Ich nahm ihm das Gewehr aus der Hand, wie ich zuvor die Pistole aus der Reichweite meines Klienten geschoben hatte.

»Ein DNA-Vergleich wird alle Zweifel beseitigen.« Ich wählte den Notruf, nannte meinen Namen und Kisinskis Adresse.

»Ich geh dann mal raus, die Podencos beruhigen.« Er grinste. »Futter geben und so.«

»Das hat Zeit. Die Polizei wird gleich eintreffen.«

Besser ich behielt beide im Auge. Denn so ganz sicher war ich mir immer noch nicht.

... der Berliner Hbf am 26. Mai 2006 mit einer Verspätung
von vier Jahren und fast dreimal so hohen Baukosten,
wie ursprünglich veranschlagt, eröffnet wurde?

Berlin Hbf

Stephan Hähnel

Das Kleingedruckte

»Es gibt immer einen Weg!«

Der Mann, der sich Luca Vito nannte, strich sich durch
sein volles Haar und seufzte gelangweilt. Dann nahm er die
Serviette, griff damit nach der Kaffeetasse und führte sie
zum Mund. Offensichtlich wollte er keine Fingerabdrücke
hinterlassen. Ganz Profi.

Der Berliner Hauptbahnhof war ideal dafür geeignet, um
in der Anonymität der Reisenden ungestört über ein paar
unangenehme Versäumnisse zu reden. Außerdem mochte er
das *Caffè Ritazza,* das gemütliches Ambiente mit italienischer Lebensart gekonnt kombinierte. Ob er sich auf eine
Reise begab, sich mit jemandem traf oder nach einer an-
strengenden Bahnfahrt in Berlin ankam, ein Kaffee hier war
längst zu einem Ritual geworden.

»Selbstverständlich gibt es immer einen Weg!«, wiederholte er, griff über den Tisch und zog den Brotkorb zu sich heran.

Dass sein Name wie auch die Haarpracht unecht waren,
schien sein Gegenüber nicht zu merken. Aufgeregt versuchte Bernd Arnold noch einmal zu erklären, warum er nicht

zahlen konnte, wurde aber mit einer einzigen Handbewegung unterbrochen.

»Herr Arnold! Langweilen Sie mich nicht mit Ausreden.«

Vorwände und zweifelhafte Entschuldigungen waren dem Mann, der sich Luca Vito nannte, unerträglich. Angeblich musste er sie täglich über sich ergehen lassen. Alle erdenklichen Ausflüchte seien ihm mehrfach aufgetischt worden. Diesen ermüdenden Teil des Gespräches würde er gern übergehen, ließ er den Verstummten wissen und fügte an: »Ersparen Sie uns beiden die Peinlichkeit.«

Dann stippte er das ofenfrische Ciabatta in den Kaffee und ließ es genüsslich auf der Zunge zergehen. Arnold beobachtete sein Gegenüber angewidert, beeilte sich aber, verständnisvoll zu nicken, wobei er die Worte kaum begriff. Nur so viel war ihm klar: Zuhören war nicht Bestandteil des Auftrages und Geldeintreibern ging von Natur aus jegliches therapeutisches Verständnis ab. Er war sich sicher, Luca Vito, oder wie auch immer dieser Mensch hieß, kam es allein darauf an, ob und nicht wie er Ergebnisse erzielte.

»Wie gesagt, Herr Arnold, heute ist Zahltag! Das Datum ist Ihnen seit Langem bekannt«, wiederholte Luca Vito noch einmal die Forderung und betrachtete das transpirierende Häufchen Elend.

Was für ein Würstchen, dachte er. Genervt schaute der gedungene Geldeintreiber auf seine Uhr und überschlug die Zeit, bis er Alexandra treffen würde. Sie hatte geheimnisvoll angekündigt, ihre Liaison, die auf den heutigen Tag sechs Monate andauerte, angemessen feiern zu wollen.

Daraufhin hatte er mit den von ihr heimlich gutgeschriebenen bahn.bonus-Punkten ein exklusives Hotel gebucht. Ihre Andeutung, dass sie sich einen Hauch von Nichts in den Farben des Logos der Deutschen Bahn geleistet hatte,

stimulierte sein Hirn. Das war quasi sein Bonus, ein Danke-
schön für die romantischen Stunden. Auf seiner Bahnfahrt
nach Berlin hatte er alle denkbaren Farbvarianten an seinem
inneren Auge vorbeiziehen lassen. Darüber, welche Details
des Dessous seinen Verstand kurzschließen würden, konnte
er nur mutmaßen. War es das leuchtende Rot der Initialen,
das reine Weiß des Hintergrundes oder gar das kontrastie-
rende Schwarz des Namenszuges? Die dreistündige Fahrt
war wie im Flug vergangen.

Arnold nestelte an seiner Krawatte, um besser atmen zu
können. Zahltag. Vor diesem Wort graute es ihm seit Wochen. Und dennoch hatte er den Termin verdrängt.

Es half auch nichts, dass er dem Mann, der natürlich einen
Fantasienamen verwendete, erklärte, dass er, vom medizi-
nisch-psychologischen Standpunkt betrachtet, krank sei. Er
leide unter einem zwanghaften Verlangen, die bunten Knöpfe
der Spielautomaten zu drücken, bis sein ganzes Geld aus-
gegeben war oder er vor Erschöpfung vollständig zusam-
menbrach. Keiner leide mehr unter der Spielsucht als er
selbst.

Der Mann mit dem falschen Namen und den falschen
Haaren machte nicht den Eindruck, als würde er sich von
derartigen Diagnosen beeinflussen lassen. Kopfschüttelnd
legte er eine Akte auf den Tisch. *Bernd Arnold* stand auf
dem Dossier.

Alexandra arbeitete beim Beschwerdemanagement der Deutschen Bahn. Als sich Luca Vito, der sich natürlich mit seinem richtigen Namen meldete, über einen ungeheuerlichen
Vorgang beschweren wollte, hatte ihn ihre Stimme fast von
seinem Vorhaben abgebracht. Ihr »Was kann ich für Sie
tun?« brachte ihn aus dem Konzept. Es ging um seine Mut-

ter, eine fünfundsiebzig Jahre alte Dame, die auch am Prämienprogramm der Deutschen Bahn teilnehmen wollte. Als sie ihren bahn.bonus-Antrag vorlegte, gab einer der Mitarbeiter ehrlich, aber wenig charmant, zu bedenken: »Junge Frau! Ob sich das für Sie noch lohnt?«

Die Kundin war zu Recht beleidigt. Zwar dauerte es etliche Fahrten, bis man in den Genuss der geringsten aller Prämien kam, dennoch: Es war nicht angebracht, den Reisenden so deutlich ihre Restlaufzeit vorzuhalten. Zur Beruhigung bekam seine Mutter einen Kaffeegutschein und er, als er mit Alexandra über den Vorfall lachte, die private Telefonnummer der entzückenden Stimme.

Arnold starrte verzweifelt auf die Akte. Als er das Geld angenommen hatte, war er fest davon überzeugt gewesen, dass nur eine vorübergehende Pechsträhne ihm böse mitspielte. Nichts von Dauer. Es kam immer mal vor, dass das Glück ein paar Tage freinahm, aber schließlich kehrte es zurück und glich seine Verluste aus. Er brauchte nur ein bisschen mehr Zeit. Geld ließe sich schon auftreiben. Ein paar Tage würden reichen. Ein oder zwei.

Mit einem eisigen Blick eliminierte der Vollstrecker jegliche Hoffnung. Arnold gehörte nicht zu jenen, denen man eine zweite Chance gewährte.

Man wusste alles über den säumigen Zahler. Abteilungsleiter einer unwichtigen Behörde. Vierundvierzig Jahre. Wenig Entwicklungspotenzial, aber ausgeprägtes Geltungsbedürfnis. Gehaltsgruppe A7. Verheiratet mit einer Frau, die zu schön war, um sich ein Leben lang mit einem Verlierer abzugeben.

Der Mann, der behauptete, Luca Vito zu sein, erklärte fast beiläufig, er liebe bedeutungsschwere Worte. ›Bestimmung‹ sei so ein Begriff. Konkret und unmissverständlich. Wenn etwas bestimmt ist, basiert es auf festen Größen, Absprachen, Terminen, kurz: auf unumstößlichen Regeln.

»Es ist nun mal bestimmt, dass heute Ihre Deadline endet. Zahlen Sie?«, hatte Luca Vito gefragt und gewusst, dass Arnold nicht an Bestimmung glauben wollte. Wer zahlt, redet nicht. Arnold redete. Noch immer besaß er keinen Cent, aber das war schon vorher klar gewesen.

Der Mann, der den Namen Luca Vito aus einem Mafiaroman entlehnt zu haben schien, wusste, dass es besser war, einem in die Enge Getriebenen Luft zu lassen. Es sorgte dafür, dass die Person nicht in Panik geriet.

Das erste Rendezvous mit Alexandra fand in einem Bordbistro auf der Strecke Berlin – Hamburg-Altona statt. Sie war zu einem Lehrgang eingeladen und freute sich, dem Sirup ihres Alltags für ein paar Tage zu entfliehen. Er war auf dem Rückweg zu seiner Frau, deren Zweitnamen er wenig charmant mit ›Gleichgültigkeit‹ angab.

Alexandra erzählte, dass sie Bahnangestellte aus Leidenschaft sei und den Dienst im Beschwerdemanagement liebe. Ärgerlich an ihrem Job sei nur, dass sich zumeist Lehrer oder Rechtsanwälte über Nichtigkeiten beschwerten. Jeder denkbare Grund wurde angegeben, um einen Kaffeegutschein zu ergattern: Uhr geht zu schnell, Bahnsteigkante ist zu rund oder der Zug ist zu lang. Alexandras persönlicher Favorit war die Beschwerde einer Hundebesitzerin, die keine Platzkarte für ihre Möpse erwerben konnte. Beide lachten viel, kamen sich näher, und kurz vor Hamburg-Altona hatte Luca Vitos Frau gleichgültig zur Kenntnis genommen, dass ihr Mann für die Firma unabkömmlich sei. Danach hatte er das Handy stumm geschaltet, um ungestört das Wochenende genießen zu können.

Arnold verhielt sich wie erwartet. Den Ausreden folgte die Mitleidstour. Auch die wirkte bei Luca Vito nicht. Was immer der Kerl brabbelte, es war einfach nur lächerlich.

Genervt brach der selbst ernannte Mitarbeiter des mafiösen Forderungsmanagements ein Stück Ciabattabrot ab, um kraftvoll darauf herumzukauen. Schlagartig zog es das ängstlich schwitzende Etwas vor, zu schweigen. Verzweifelt schaute Arnold den Reisenden zu, die an den Fenstern des *Caffè Ritazza* vorbeieilten. Gerne würde er jetzt auch verreisen. Weit weg von hier. Allerdings war er sich durchaus bewusst, dass sein Zug längst abgefahren war.

»Die Organisation hat Sie bezahlt. Fünftausend Euro. Keine überzogenen Zinsen. Wir haben nicht gefragt, wofür Sie den Betrag verwenden. Einzige Bedingung war, dass die Laufzeit genau drei Monate beträgt. In Ihrem Fall zweiundneunzig Tage. Soll ich in Stunden umrechnen?«

Arnold schüttelte den Kopf. Er straffte die Schultern, allerdings nicht sehr überzeugend, um ein letztes verzweifeltes Gefecht zu führen. Mit bemüht fester Stimme fragte er: »Und wenn ich mich weigere?«

Der Mann, der vorgab, Luca Vito zu sein, schmunzelte. Er hatte diesen Anfall unerklärlichen Mutes erwartet. Theatralisch atmete er tief durch, nahm das Dossier und schob es in seine Aktentasche. »Ihre Entscheidung!«

Nach ihrem Rendezvous wussten beide: Auch Hamburger Nächte sind lang. Seitdem traf er sich regelmäßig mit der Leiterin des Beschwerdemanagements am Berliner Hauptbahnhof, um von hier aus, mit den sozusagen gesponserten Freifahrten der Deutschen Bahn, durch die Lande zu pendeln. Beide liebten das Bahnfahren. Allerdings interessierten sie sich weniger für die Sehenswürdigkeiten jener Städte als vielmehr für die sinnlichen Landschaften, die ihre Hände erkundeten. Er liebte diese Frau, ihr Temperament, ihre Unbekümmertheit und ihre Art, wie sie das Schlagen von Schwellen auf seinem Körper imitierte.

Luca Vito musste sich konzentrieren, um seine Gedanken unter Kontrolle zu behalten. Das Gespräch war zu wichtig und verlangte seine ganze Aufmerksamkeit. Es durfte kein Zweifel aufkommen, dass er zu allem entschlossen war.

Arnold hatte einen Grad von Verzweiflung erreicht, der inzwischen auch zu riechen war. Offensichtlich brauchte er aber noch Zeit, um zu erkennen, dass es keine Lösung für sein Problem gab.

Angewidert schweiften Luca Vitos Gedanken wieder ab.

Das kommende Wochenende versprach, der Höhepunkt ihrer bisherigen Reisen zu werden. Ein paar Klicks von ihr auf der Tastatur hatten gereicht, um sein bahn.bonus-Punktekonto beeindruckend anschwellen zu lassen.

Alexandra würde im *City Night Line* nach Basel mit ihrem DB-farbenen Hauch von Nichts auf ihn warten. Seine Mundwinkel umspielte ein verträumtes Lächeln, das Bernd Arnold eindeutig falsch interpretierte und ihn endgültig zusammensacken ließ. Luca Vito entging das nicht. Mit einem Seufzen verbannte er den Gedanken an Alexandra. Ein wenig würde er sich noch gedulden müssen. Jetzt galt es erst einmal, den ärgerlichen Part mit diesem Versager zu beenden.

»Herr Arnold! Sollten Sie nicht zahlen können, kommt das Kleingedruckte des Vertrages zur Anwendung. Die Organspende. Es gibt mindestens zehn verschiedene Organe, die sich problemlos entnehmen lassen. Leber, Niere, Netzhaut, von mir aus auch ein Stück Ihres Dünndarms. Von zwei oder drei Dingen werden Sie sich trennen müssen. Sie kennen ja die Preisliste. Wenn Sie es wünschen, wählen wir für Sie aus.«

Bernd Arnold wurde blass. Dass er eine seiner zwei Nieren opfern konnte, war ja nicht unmöglich. Nur die Vorstellung, ein Auge oder gar einen Teil der Lunge abzugeben, verursachte ihm erhebliche Bauchschmerzen. Die Frage, ob es nicht sogar für das Eigengewicht vorteilhaft wäre, auf ein oder zwei Meter Dünndarm zu verzichten, vermochte Arnold nicht zu beantworten. Vielleicht ließ sich ja die Leber nur teilweise entnehmen, überlegte er.

Dass Luca Vitos Auftraggeber keine Gnade kannten, hatte er verstanden, aber dass sie so weit gehen würden, ließ ihn doch frösteln.

Das Kreischen der Bremsen eines ankommenden Zugs stach in seine Innereien. Als eine sympathische Frauenstimme die üblichen Verspätungen der Anschlusszüge bekannt gab, räusperte Bernd Arnold sich verlegen. Fast tonlos fragte er: »Sie sprachen von einer Alternative?«

Der Mann, der den Namen Luca Vito für derartige Verhandlungen als sehr überzeugend empfand, deutete ein leichtes Nicken an.

»Wie ich schon sagte, es gibt immer einen anderen Weg.«

»Einen anderen?«, wiederholte Arnold zaghaft hoffnungsvoll.

Erneut nahm Luca Vito, der Exekutor, wie er sich gerne selbst bezeichnete, die Serviette und zog geschickt einen Brief aus der Innentasche seines Jacketts. Er fixierte Arnold, um deutlich zu machen, dass es kein Zurück geben würde. Schließlich schob er den Brief über den Tisch.

»Sie verlässt jeden Tag um sechs Uhr das Haus. Sie können den Wecker danach stellen. Die Frau joggt. Gesundheitsfanatikerin. Unser Alter. Sie bleibt für drei Atemzüge vor dem Eingang stehen, um die frische Luft zu genießen.

Das Dach ist nicht mehr ganz neu. Wenn Sie den Steinblock von oben herunterfallen lassen, dauert das kaum eine Sekunde. Sie haben also genug Zeit zu zielen.«

Schlagartig änderte sich die Gesichtsfarbe seines Gegenübers, sie wurde aschfahl.

»Ich soll die Frau mit einem Stein erschlagen?«, piepste Arnold fassungslos.

»Wie Sie es anstellen, bleibt Ihnen überlassen. Von mir aus können Sie die Frau auch mit einer Reisetasche erschlagen oder ihr mit einer scharf angeschliffenen BahnCard 50 die Halsschlagader durchtrennen. Punkte werden Ihnen dafür aber nicht gutgeschrieben. Wichtig ist nur, dass die Frau keine inneren Verletzungen davonträgt. Sie verstehen? Wir erwarten eine ausgesprochen solide Qualität ihrer Innereien.«

»Ich bin nicht sicher, ob ich das …«

»Der Termin wäre kommenden Montag.«

»Montag schon? Nach diesem Wochenende?«

Der Mann, der mit dem Namen Luca Vito sehr überzeugend war, verdrehte die Augen. »Haben Sie eine Ahnung, wie lange es dauert, bis ein Patient auf der Warteliste ganz oben steht? Versauen Sie das nicht! Ansonsten … Na, Sie wissen schon. Verspäten Sie sich nicht!«

Bernd Arnold nahm den Briefumschlag und zog das Foto heraus. Er hatte die darauf abgelichtete Frau noch nie gesehen.

Als er wieder aufschaute, um nach der Adresse zu fragen, war der Mann, der sich Luca Vito nannte, zwischen jenen Fahrgästen verschwunden, die gerade den Nachtzug nach Basel bestiegen.

Auf der Rückseite des Fotos stand eine Anschrift.

»Ich habe dir ja gesagt, dass er leichtgläubig ist.«

Alexandra lächelte und küsste den Mann, der mit richtigem Namen natürlich nicht Luca Vito hieß.

Es war ein Vierteljahr her, dass er sie das letzte Mal gesehen hatte. Sehnsüchtig hatte er die Tage gezählt.

Er wartete, bis die Ansage über die Ankunft des Zuges verklungen war, und flüsterte voller Bewunderung: »Was für eine grandiose Idee. Dein Gatte erschlägt meine Frau wegen lächerlicher fünftausend Euro Spielschulden und stürzt dann vom Dach.«

Sicherlich, es hatte eines kleinen Stoßes bedurft, damit Bernd Arnold das Gleichgewicht verlor. Kein wirkliches Problem für Typen wie Luca Vito.

Der Zug fuhr langsam ein. Hastig rannten die Reisenden zu den Türen, hievten ihre Koffer zuerst durch die schmalen Gänge und dann in die Gepäckablagen und winkten aufgeregt Verwandten und Freunden zu.

Kurz darauf bezogen auch Alexandra und Luca Vito ihre Plätze. Zufrieden schauten sie zu, wie der Zug den größten und modernsten Kreuzungsbahnhof Europas verließ.

»Wie bist du eigentlich auf die Idee gekommen, meine Frau …?«

Alexandra sah nachdenklich auf den langsam kleiner werdenden Berliner Hauptbahnhof. »Kannst du dich erinnern, dass der Orkan Kyrill im Januar 2007 zwei Stahlträger aus der Fassade des Bahnhofes gerissen hat? Einer davon ist auf die Freitreppe gestürzt.«

Der Mann schaute sie ungläubig an, nickte respektvoll und umfasste liebevoll ihre Hände.

Beide schmunzelten wissend – es gab mehr als zwei Menschen, die, dank eines verschuldeten Spielers, wieder zuversichtlich in die Zukunft schauen konnten. Denn sowohl die Organe seiner Frau wie auch die ihres Mannes waren von einer vorzüglichen Qualität.

RE Hagen – Kassel-Wilhelmshöhe

Kathrin Heinrichs

Ab nach Kassel

Dass das Ganze eine Mistidee ist, denke ich zum ersten Mal, als Onkel Karol sich auf den Sitz fallen lässt und das wie ein Furzkissen klingt. Regionalexpress! Wer fährt denn mit so was? Wer fährt überhaupt mit der Bahn, wenn es zu einer Beerdigung geht? Das Problem: Onkel Karol lässt nicht mit sich reden. Und seit Onkel Marek tot ist, ist er nun mal der alleinige Chef.

»Stell Koffer nach oben!«, herrscht er mich an.

Sofort springe ich auf und hieve unser Gepäckstück in die Ablage. Ein Spezialkoffer, den die Italiener gleich mitgeliefert haben. Breiter als eine Aktentasche, nicht biegsam. Er sieht ein bisschen wie ein Riesenbeautycase aus. Oder wie der Koffer eines Vertreters, in dem er etwas Sperriges mitführt. Designerschnapsgläser. Lockenwicklervariationen. Einen Zylinder.

Nun denn, Koffer ist oben. Ein seltsames Gefühl, dass Onkel Marek jetzt über mir schwebt.

»Wann geht ab?«, fragt Onkel Karol.

»11:13 Uhr«, pariere ich brav.

Onkel Karol schaut aus dem Fenster. Noch steht unser Zug in Hagen. Auf einer Art Abstellgleis. Dieser Bahnsteig scheint die passende Einstimmung zu sein, wenn man mit dem Regionalexpress von Hagen nach Kassel tuckern will.

Drei Stunden werden wir unterwegs sein. Wir werden viele Kühe sehen. Bahnhöfe, die kein Mensch mehr benutzt. Wir werden Deutschlands Pampa befahren, aber Onkel Karol hat es nicht anders gewollt.

Schließlich rollt der Zug an. »Nu, ab nach Kassel!«, sagt Karol. Onkel Mareks Abschlusstour beginnt.

Meine Verwandtschaft schließt direkt die Augen. Kein Wunder, drei Stunden Fahrt liegen vor uns. Wie soll man die sonst überstehen?

Ich bin auch müde, aber mehr noch habe ich Durst. Gestern Abend wurde Mareks Abgang begossen – mit drei Flaschen Wodka. Ich steh gar nicht so auf Hochprozentiges, aber danach wird in meiner Familie nicht gefragt. Ich schaue nach draußen, lasse die Landschaft wie in einem Schnelldurchlauf vorbeiziehen, denke an Elisa. Das Problem: Wenn ich an Elisa denke, denke ich als Nächstes an Filippo. Filippo ist mit Elisa liiert. Ich versuche, meine Gedanken auf etwas anderes zu richten. Das Erste, was sich da aufdrängt, ist meine Blase. Der Wodka will hinaus.

Onkel Karol schläft. Sein gleichmäßiges Schnarchen röhrt durch das ganze Abteil. Ich überlege einen Augenblick. Dann hole ich den Urnenkoffer aus dem Gepäcknetz. Kein Risiko eingehen! Das ist in unserer Familie das Gebot Nummer eins.

Also mit Onkel Marek durch den Gang. Am Ende des Wagens gibt es keine Toilette, weiter ins nächste Abteil. Szenenwechsel, denn dort ist mit einem Schlag jede Menge los. Bestimmt fünfzehn Frauen, schnatternd und johlend, jede mit einem Glas Sekt in der Hand. Als ich die Meute passiere, legen sie eine La-Ola-Welle hin. Noch nicht Mittag und die Stimmung am Kochen. Ich lächle verbindlich und schiebe mich durch bis zum Ende des Wagens, dort rette ich mich in Windeseile aufs Klo. Ich schließe die Tür, atme tief durch, sehe das Elend. Kein Platz für meinen Koffer, der Boden feucht und versifft. Genervt rangiere ich mit dem Gepäck hin und her, am Ende geht nur: Koffer halten und gleichzeitig pinkeln. Ich nestele an meinem Reißverschluss herum, kämpfe mich durch meine Shorts. Als der Wodka endlich, endlich fließt, hält der Zug mit einem schrecklichen Ruck. *Cholera jasna!* Jetzt ist der Boden noch feuchter. Ich fluche und stopfe und drehe mich um. Klemme den Koffer zwischen mich und die Klowand, versuche mir die Hände zu waschen. Eine Wassermenge, die nicht mal ein Schnapsgläschen füllen würde, benetzt meine Finger. Herzlichen Dank!

Auf dem Rückweg werde ich von den Damen abgefangen. Offenbar haben sie schon auf mich gewartet.

»Herrenbesuch!«, kreischt eine, die ihre beste Zeit bereits hinter sich hat.

»Setz dich doch zu uns!«, johlt eine andere und zerrt mich auf den Platz neben sich. Ich möchte wieder hoch, aber die Dame mir gegenüber drückt mich energisch zurück in meinen Sitz. Immerhin schaffe ich es, Onkel Marek auf meinen Schoß zu ziehen.

Jemand drückt mir ein Glas Sekt in die Hand. Es ist aus Plastik, aber der Sekt ist wahrscheinlich echt.

»Auf unsere Kegeltour!«, prostet die Frau gegenüber mir zu. »Und auf unseren Klub *Voll in die Vollen!*«

»Na zdrowje!«, proste ich zurück.

»Wo fährst du hin?«, fragt eine jüngere Frau vom Vierersitz nebenan. Sie sieht ein bisschen aus wie Elisa, aber wirklich nur ein bisschen.

»Nach Kassel«, beschließe ich, die Wahrheit zu sagen.

»Kassel!«, trötet eine Keglerin mit einem Organ, für das man eigentlich eine Zulassung bräuchte. »Da steht doch der Herkules!«

»Herkules?«, fragt eine andere.

»Ein Bild von einem Mann«, posaunt die mit der verbotenen Stimme. »So wie du!«, wendet sie sich plötzlich an mich. Alle kichern und johlen. Ich trinke schnell meinen Sekt.

»Dann fährst du bis Wilhelmshöhe?«, fragt die halbe Elisa.

»Ähm, Kassel«, antworte ich. Alle johlen, wieder einmal.

»Wir fahren nach Willingen«, erklärt die Frau neben mir. Sie ist ziemlich kräftig und nimmt noch ein Drittel meines Sitzes ein. Außerdem Onkel Marek auf meinem Schoß – das wird mir ein bisschen zu viel.

»Komm doch einfach mit!«, kreischt die Feuersirene.

»Ja, komm doch einfach mit!«, johlen alle.

»Chodz tu natychmiast!« Onkel Karol. Er steht im Gang. Stiert mich an mit einem Blick, der gleichermaßen Verachtung und Entsetzen enthält. Ich springe auf, das Glas Sekt in der Rechten, den Koffer vor der Brust.

»Mein Onkel«, stottere ich.

»Sein Onkel!«, johlt die, die ein bisschen wie Elisa aussieht. »Der Kleine muss ins Bett!«

Ich lasse achtlos mein Plastikglas fallen, verlasse den Pulk, ignoriere, dass mir die Dicke einen Klatsch auf den Hintern mitgibt und schwöre mir auf dem Weg zu meinem Sitz, dass ich garantiert nie wieder mit meiner Familie losfahre. Und noch viel weniger: mit meiner Familie im Zug!

Zurück am Platz lasse ich ein polnisches Donnerwetter über mich ergehen. Ich bin ein Versager, ein Weichei, die Schande der Familie Iwanczyk … Ich blende Onkel Karol einfach aus und schließe die Augen, versuche zu schlafen. Schon nach kurzer Zeit stelle ich fest, dass das im Regionalexpress nicht einfach so geht. Der Zug rattert und quietscht, der Sitz ist nicht wirklich bequem, außerdem kneift der schwarze Anzug. Ich sehe im Halbschlaf Ortschaften vorbeiziehen, die ich niemals kennenlernen will. Freienohl, Olsberg, Brilon-Wald … Brilon – *Wald?*

Gerade als ich mich frage, ob hier jeder Busch seine eigene Haltestelle besitzt, sehe ich den Kegelklub aussteigen. Gott sei Dank registriert man mich nicht hinter der Scheibe, sonst würden mir sicherlich Küsse zufliegen. Als ich es endgültig aufgebe, richtig zu schlafen, halten wir gerade in Bredelar an. Onkel Karol hat sich inzwischen halbwegs beruhigt.

»Bredelar, was ist das für ein Kaff?«, wage ich deshalb zu fragen.

»Nu, ist Sauerland«, schnauzt Onkel Karol. »Ist gutes katholisches Gegend.«

Auf jeden Fall ruhig. Hätte Onkel Marek nicht hier seine letzte Ruhe finden können? Dann würden wir jetzt aussteigen, ihn aus der Urne kippen und mit dem nächsten Bummelzug zurück. Gutes katholisches Gegend, das wär doch was für ihn.

Ich wage gar nicht, den Vorschlag zu äußern. Ich weiß, was Karol will. Ich weiß, dass es Kassel sein muss. Kassel ist schließlich der Nabel der Welt. Die Brüder haben eine Weile in Kassel gewohnt – zusammen mit meiner Mutter Renata, der Dritten im Bunde. Oma Valesca hat dort mit ihren drei Kindern ein neues Zuhause gefunden, als sie nach der Wende von Polen rübergemacht hat. Und die drei haben sich in Deutschland prächtig entwickelt. Um genau zu sein, haben sie von Kassel aus ein lukratives Geschäft aufgezogen. Drogen von Ost nach West und Nord nach Süd, immer mit dem Zug. Anfangs haben sie es selber gemacht, im Cellokasten von Onkel Marek. Irgendwann haben sie für alles ihre Leute gehabt. Geschäftsmänner mit Aktenkoffern. Familien mit Familiengepäck. Musiker mit Instrumentenkästen. Alles

Leute von Marek und Karol. »Kannst du glauben: ist ehrliches Geschäft«, haben meine Onkels immer gesagt, »wir liefern, sie zahlen.«

Vor zehn Jahren hat man dann in Hagen einen neuen Standort gesucht, der Osten wurde zu voll, die Drogenkuriere zu zahlreich. »Schutzgeld«, hat Onkel Marek gemeint, »das ist die Zukunft.« Allerdings haben das andere schon vorher gemerkt. Italiener mögen es gar nicht, wenn man ihnen die Geschäfte versaut. Der Krieg gegen die Familie Larossa hat uns viel Ärger bereitet. Deshalb fahren wir Onkel Marek jetzt im geschredderten Zustand spazieren.

Es gibt über die Spaghettifresser nichts Positives zu sagen. Nur eins: Sie haben uns Onkel Marek überlassen – wohlverpackt in einer geschmackvollen Urne. Onkel Karol hat sie vom Italo-Chef persönlich entgegengenommen. Es ist schon hilfreich, wenn man an denselben Gott glaubt. Da sind sich Onkel Karol und Mario Larossa einig: Ein ehrenwerter Toter gehört ordentlich beerdigt. In diesem Fall im Grab seiner Mutter in Kassel.

Neben der Urne haben wir auch eine Plastikschippe dabei. Einen Bestatter gibt es ja nicht – eine diskrete Aktion. Und um die Diskretion noch zu steigern, fahren wir nach Kassel mit dem Zug.

»Warum haben wir nicht den ICE genommen?«, will ich wissen, als die Bahn in einem Ort namens Scherfede hält.

»ICE«, blökt Onkel Karol. »Wie lang fahrt ICE?«

»Drei Stunden zwei«, gebe ich zu. Länger als der Regionalexpress. Und deutlich teurer. Ich sage nur: Kassel – der Nabel der Welt!

Aber immerhin hätten wir im ICE etwas essen können. Und vor allem etwas trinken. Ich habe immer noch Nachdurst wie Hölle.

»Ich habe furchtbaren Durst«, gebe ich zu.

Onkel Karol fasst in sein schwarzes Jacket und holt einen Flachmann mit Wodka heraus. »Bist du Mann, lesch das dein Durst.«

Ich zögere, dann greife ich zu. Wenn ich nicht als sekttrinkende Tunte in die Familiengeschichte eingehen will, ist das die einzige Lösung.

Danach ist der Durst noch viel schlimmer. Und es kommt Hunger hinzu. Das bringt mich darauf, wie Onkel Marek abgemurkst wurde.

Sie haben ihn zu Hause erledigt, wo meine Mama ihm gerade das Essen hingestellt hat: Kassler mit Sauerkraut – es ist schon verrückt. Drei Spaghettifresser sind in die Wohnung gestürmt und haben ihn mit Kabelbindern am Küchenstuhl fixiert. Dann haben sie ihm das Stück Fleisch in den Rachen und das Sauerkraut in die Nase gepresst. Der Arme ist elendig erstickt. Sah bestimmt nicht schön aus, deshalb hat man uns den Anblick seiner Visage erspart. Larossa hat sich in Hagen den Betreiber des Krematoriums gekrallt. Der hat sich schnell bereit erklärt, Onkel Marek diskret zu zersetzen. Gegen Larossa fehlen einem schnell die Argumente, das ist eben so. Natürlich hat Onkel Karol blutige Rache geschworen, aber erst mal muss er seinen Bruder entsorgen.

In einem Ort namens Hofgeismar bekommen wir Gesellschaft in unserem Abteil.

Ein Typ, der sofort etwas zu essen rausholt. Ein Stück Pizza, das noch verführerisch dampft. Ich würde ihn gerne fragen, ob er auch noch was für mich hat.

Onkel Karol scheint meine Gedanken zu lesen. »Pizza!«, murmelt er finster. »Ist nichts als blöde Tomatenflade von Feinde.«

Natürlich hat er recht. Die Italiener sind unsere Gegner, die ganze Familie Larossa. Und Filippo Larossa ist zudem mein persönlicher Feind.

Nur drei Wochen lang war ich mit Elisa zusammen. Dann bekam sie das Verbot, sich mit mir zu treffen. Meine Familie hätte genauso reagiert, aber ich hatte ihr wohlweislich nichts von der Verbindung gesagt. Er würde mich umbringen, hat Filippo zu Elisa gesagt. Wenn sie sich nur noch ein einziges Mal mit mir träfe. Kurz drauf war Elisa mit Filippo liiert. Ich hoffe, sie tut das aus Angst. Ich hoffe, sie tut das, weil sie mich eigentlich liebt. Filippo ist ein hirnloser Macho. Er hat ein Mädchen wie Elisa kein bisschen verdient. Ich hasse Filippo und Filippo hasst mich. Irgendwann, hat er gesagt, irgendwann würde er mich fertigmachen. Irgendwann, denke ich stattdessen, mach *ich dich* fertig und dann gehe ich mit Elisa weit weg.

Immenhausen, sagt das Schild am nächsten Bahnsteig. Erklär mir ein Mensch, warum dort jemand freiwillig wohnt. Onkel Karol schaut auf die Uhr.

»Noch Viertelstunde«, sagt er.

Ich blicke nach oben. Onkel Marek hängt sicher über meinem Kopf. Nun schließt Karol die Augen. Vielleicht betet er für seinen Bruder. Vielleicht pennt er auch nur. Ich sehe seine fetten Finger, den Siegelring mit Familienwappen an der rechten Hand, das Doppelkinn, das im Takt der Zugbewegung schwappt.

Die Zeit von Karol und Marek ist vorbei, denke ich. Fehleinschätzungen, Unsicherheiten, unzeitgemäßes Krisenmanagement. Ihre Zeit ist vorbei. Olegs Zeit ist gekommen. Oleg bin ich.

Als hätte Karol meine Gedanken vernommen, reißt er die Augen plötzlich auf. Genau als wir am Bahnhof Espenau-Mönchehof anhalten.

»Hast du Strecke zu Friedhoff geprieft?«

»Hauptfriedhof«, sage ich und werde nervös.

»Nu, weiß ich – Hauptfriedhoff«, blafft Onkel Karol.

»Aber welches Bahnhoff ist besser für Fahrt nach Haupt-friedhoff?«

Ich halte mich zurück, Onkel Karol sprachlich zu verbessern. Obwohl es mich nervt, dieses ungrammatische Zeugs.

»Welches Bahnhoff?«, wiederhole ich plump.

Onkel Karol ballt die Fäuste. Wieder einmal präsentiere ich mich als unwürdiger Nachfolger seines erfolgreichen Clans.

»Nu, was ist: Kassel Hauptbahnhoff oder Kassel-Wilhelms-hehe?«, faucht Onkel Karol.

Ich habe natürlich keinen Schimmer und greife deshalb nach dem Zugbegleiter, der auf der Ablage liegt. Im Innern ist eine Skulptur zu sehen, die angeblich am Kassler Haupt-bahnhof steht. *Man walking to the sky* – ein Typ, der wie auf einem Hochseil in den Himmel marschiert. Würde ja passen zu Onkel Marek. Und überhaupt – Hauptbahnhof und Hauptfriedhof passen prima zusammen. Dann sehe ich den Herkules, eine mächtige Gestalt, die laut Prospekt den Bergpark Wilhelmshöhe schmückt.

»Wilhelmshöhe«, behaupte ich in einem Anflug künstlerischer Inspiration. »Wir nehmen doch eh ein Taxi«, füge ich hinzu. »Dann spielt es keine Rolle, von welchem Bahnhof wir fahren.«

»Nehmen wir Taxi?« Onkel Karol kommen die Augen aus dem Kopf. Das sieht alles andere als schön aus. »Hast du Geschäftsidee iberhaupt kapiert?«

Jetzt kommt die Leier wieder. Die Geschäftsidee heißt: immer mit der Masse. Immer bescheiden. Immer unauffällig sein. Ein Taxifahrer würde sich später erinnern, uns gefahren zu haben. Aber mal im Ernst: Wo ist das Problem? Wir machen nichts anderes, als zum Friedhof zu fahren. Okay, wir haben die Leiche selber dabei. Aber das ist eine Leiche, die von keinem vermisst wird. Wir könnten genauso gut einen

Blumenstrauß im Koffer haben, den wir unserer Omama aufs Grab stellen wollen.

Das Problem ist Onkel Karol. Und das stiftet mich erstmalig und endgültig zum Widerspruch an.

»Auf jeden Fall Wilhelmshöhe«, behaupte ich stur und sehe: Onkel Karol glaubt mir kein Wort!

»Kassel-Wilhelmshehe ist Fernbahnhoff«, versucht er jetzt, mich zu belehren. »Ist Reiterbahnhof, wenn du nicht weißt.«

Reiterbahnhof, was soll mir das sagen? Wechselt man dort vom Pferd in den Zug?

Dann kommt eine Durchsage: »Nächster Halt: Kassel Hauptbahnhof.« Es werden Anschlusszüge genannt. Der Hauptfriedhof kommt Gott sei Dank nicht vor. Alles ganz easy, denke ich, und schaue cool aus dem Fenster. Die nächste Station ist Wilhelmshöhe. Endstation, ganz nebenbei. Passt also viel besser zu Marek als dieses Himmelsgedöns. Energisch ziehe ich meinen Onkel aus dem Gepäcknetz und anschließend die Hose aus meiner Ritze. Ich beschließe, nie wieder diesen Anzug zu tragen. Sterbe, wer will.

»Nach Ihnen«, sage ich aufgeräumt zu einer Dame, die auch aussteigen will. Sie trägt einen schwarzen Hosenanzug. »Müssen Sie auch zum Hauptfriedhof?«

Sie sieht mich merkwürdig an. »Zum Hauptfriedhof? Sehe ich so aus?«

Ich spüre, wie Onkel Karol mir die Faust in den Rücken schiebt. Immer mit der Masse. Immer unauffällig. Jetzt können wir genauso gut ein Taxi nehmen. Und das schlage ich auch vor, während Onkel Karol die Zugtreppe hinabstöhnt. Ich bin erwachsen. Ich werde bald das Familiengeschäft übernehmen. Als Erstes wird Filippo Larossa ausgeschaltet. Anschließend gehe ich mit Elisa weg. Aber am Anfang von allem wird erst mal gegessen.

»Wir nehmen zunächst eine Mahlzeit ein«, ordne ich an. Onkel Karol sieht mich an. Ich merke, er will Widerstand leisten. Dann entschließt er sich dagegen. Vielleicht hat er geschnallt, dass ich ein durchsetzungsfähiger Nachfolger bin. Vielleicht hat er auch einfach nur Hunger.

Der Bahnhof Kassel-Wilhelmshöhe ist wie eine Brücke über den Gleisen angelegt. Er reitet quasi über den Gleisen. Ich beglückwünsche mich zu dieser Erklärung. Überhaupt stellt sich bei mir ein Hochgefühl ein. Ich bin jung. Die Frauen lieben mich, zumindest die vom Kegelklub *Voll in die Vollen.* Ich werde das Geschäft übernehmen. Alles wird gut.

Vielleicht denke ich all das auch nur nach einem Sekt und ein paar Schlucken aus Karols Flachmann. Aber egal. Ich stürme mit meinem Koffer vorweg.

Der Bahnhof ist sehr provinziell und gepflegt. Ein kleiner McDonald's, ein großes Reisezentrum. Am Ende landen wir bei Kamps, wo man auf pseudogemütlichen Holzbänken wie auf einem billigen Oktoberfest sitzt. Ich bestelle für uns beide ein Schnitzel im Brot und einen gewaltigen Kaffee. Während wir kauen, kommt eine Durchsage, die den gesamten Bahnhof Wilhelmshöhe beschallt: »Sehr geehrte Fahrgäste! Bitte achten Sie auf Ihr Gepäck! Im Bahnhofsgebäude sind organisierte kriminelle Banden unterwegs.«

Onkel Karol sieht erschrocken zu mir herüber.

»Taschendiebe«, erkläre ich ihm.

Er runzelt die Stirn. »Widerlich«, brummt er und holt seinen Rosenkranz hervor.

Drei Minuten später sitze ich mit Karol und Marek im Taxi. Zwanzig Minuten später stehen wir an *Babćias* Grab. Das Grab ist in Schuss. Offensichtlich hat man jemanden mit der Pflege beauftragt.

Onkel Karol ist auf einmal sehr gerührt. Mehr noch, er

fällt auf die Knie. Und zwar exakt auf der Granitbegrenzung des Grabes.

Ich stehe ungelenk hinter ihm, stelle den Koffer ab, damit ich wenigstens die Hände falten kann.

»Liebes, gutes Mama!«, spricht Karol zu seiner Mutter. »Es tut mir leid, dass ich nicht habe besser aufgepasst auf Marek.« Ein Schluchzer unterbricht seine Rede. »Es waren die verdammte Italiener, die ihn haben fortgenommen. Aber so wahr ich bin dein Sohn Karol, schwere ich blutiges Rache.«

Das ist der Moment, in dem eine Hand mich an der Schulter herumreißt.

»Keine Bewegung!«, schreit mir jemand ins Ohr. Ich sehe eine Waffe, die auf mich gerichtet ist. Drei Polizisten, vier. Was machen sie auf diesem Friedhof? Sind hier organisierte Banden unterwegs? Onkel Karol fällt vor Schreck mit dem Gesicht in *Babćias* Grab.

»Was wollen Sie von uns?«, frage ich mit erhobenen Händen. »Wir besuchen lediglich das Grab meiner Oma.«

Anstatt mir eine Antwort zu geben, greift eine Beamtin nach meinem Koffer und zieht ihn zu sich heran. Onkel Karol quält sich in die Senkrechte zurück, das Gesicht voller Mutterboden. Als er sieht, wie man sich an Onkel Marek heranmacht, quiekt er wie ein Kind.

»Keine Bewegung!«, schreit derselbe Bulle wie schon zuvor. Karol bleibt stehen, sein Gesicht ein einziger Schmerz.

»Was wollen Sie?«, frage ich noch mal. »Was haben wir denn Schlimmes getan?«

Statt einer Antwort öffnet die Polizistin den Koffer. Die rote Spielzeugschippe fällt ihr entgegen. Alle blicken zur Urne.

»Mach auf!«, weist ein Kollege sie an.

Wieder ein Quieken von Karol.

»Ist versiegelt«, beteuere ich.

Die Polizistin belehrt mich eines Besseren. Drei Bewegungen, dann haben ihre behandschuhten Hände die Urne geknackt.

Es geht ein Wind. Ich habe Sorge, dass die Asche hinausweht.

Im nächsten Moment sehe ich: In der Urne liegt keine Asche. In der Urne liegt eine Hand. Eine weiße, wächserne Hand mit fetten, wurstigen Fingern, daran ein Siegelring. Die Hand von Onkel Marek, die mit Klebeband in der Urne fixiert ist. Karol quiekt wieder. Es ist der Schmerz über den Verlust seines Bruders. Viel größer aber ist die Schmach, die Larossa ihm zugefügt hat. Er hat uns gelinkt. Er hat uns die Bullen geschickt. Unsere Fingerabdrücke sind auf der Urne zu finden. Mario und Filippo Larossa haben unsere ganze Familie in die Wüste geschickt.

»Sie sind verhaftet wegen des Verdachts, Marek Iwanczyk ermordet zu haben«, spult der Bulle ab, »Sie haben das Recht, die Aussage zu verweigern …«

Ich höre nicht mehr zu. Elisa zieht an meinem inneren Auge vorbei. Hand in Hand geht sie mit Filippo davon. Ich winke ihnen nach und fasse währenddessen ein zweites Mal den Entschluss: Nie mehr Familie! Und nie mehr mit dem Zug!

… sich jedem Lokführer im Durchschnitt zwei Menschen vor den Zug werfen? Entgegen der stark sinkenden allgemeinen Suizidrate werden die Schienensuizide nicht weniger, sie belaufen sich auf 700 bis 1.000 pro Jahr.

RE Bordesholm – Hamburg

Ella Theiss

Bomben zu Fontänen

18:29 Uhr MEZ. Die Überwachungskamera am Bahnhof Bordesholm zeigt drei wartende Personen am Gleis 1: ältere Dame mit Kleinkind, beide ohne großformatiges Gepäck … dritte Person mit Rucksack: dunkel, helle Biesen, keine Marke erkennbar … Person ist weiblich … blond, jünger als achtzehn, circa ein Meter fünfundsechzig … dunkle Steppjacke, gestreifter Schal … Bei Einfahrt des RE 21031 von Kiel nach Hamburg steigen die drei Personen ein. Der Zug verlässt den Bahnhof plangemäß um 18:32 Uhr MEZ. Observierungsbeamter Hansen tippt ein Minuszeichen in seine Datei: keine Auffälligkeiten.

Marie wählt eine Zweierbank in Fahrtrichtung, setzt sich ans Fenster und blockiert den Nebensitz mit Rucksack und Mantel. Senkt den Kopf und schließt die Augen, als ob sie schliefe.

Keiner soll sich zu ihr setzen, keiner soll sie ansprechen. Heute nicht. Heute ist der 25. November, Maries Todestag. Weil leben voll scheiße ist. Marie hat genug von dem Scheißleben. In die Hamburger Alster wird sie springen, von der

Lombardsbrücke runter. Da, wo Bastian sie zum ersten Mal geküsst hat.

Tränen quetschen sich durch die Lider, rinnen die Wangen runter. Sogar von der Nase tropfen Tränen. Marie schnieft.

Zwischen den Sitzen der Vorderbank glotzen zwei Kinderaugen. »Die weint.«

Darüber erscheint ein Omagesicht, wirft ein verkniffenes Lächeln durch die Sessellücke. »Sie hat den Schnupfen. Du hast doch auch manchmal Schnupfen ...« Die Omastimme erklärt, was ein Taschentuch ist.

»Die weint«, sagt das Kind.

»Setz dich ordentlich hin, Katarina!«

Marie dreht sich zum Fenster, starrt ins Schwarze. Kleine Kinder sind eine Plage. Erst kriegt Papa eins, beziehungsweise seine neue Freundin. Und weg ist er, Mama und Marie sind allein. Und jetzt ist Bastians Ex schwanger.

›Mit der läuft längst nix mehr ... wir sind bloß noch gute Freunde‹, hat er behauptet. Das war gelogen!

18:40 Uhr MEZ, Bahnhof Neumünster.

»Achtung am Gleis 6, es hat Einfahrt der Regionalexpress 21031 nach Hamburg über Elmshorn, Pinneberg ...« Observierungsassistent Wagner legt seine Milchschnitte beiseite. Der Monitor übermittelt fünf Koffer, zwei Reisetaschen, drei Rucksäcke ... bei insgesamt neunzehn zusteigenden Reisenden. Eine davon männlich ... jugendlich ... allein reisend ... Kapuzenjacke! Und Strickmütze! Südländischer Typ! Wagner notiert: *Vorbehalt: Obacht auf Rucksack, dunkel, mit heller Verzierung in Begleitung männlicher Person ...*

Der junge Mann steigt als Letzter ein, dreht sich am Trittbrett um, wirft einen Blick über den Bahnsteig.

»Du hast auch gar keine Vorurteile, was?«, Wagners Kollege tippt auf den Monitor. »Der Knabe ist doch höchstens sechzehn. Und außerdem Melancholiker.«

Wagner streicht seine Notiz.

»Vorsicht bei der Abfahrt des Zuges«, sagt der Lautsprecher.

Cemal zieht die Mütze tiefer in die Stirn, scannt das Wageninnere aus den Augenwinkeln. Wohin mit dem Scheißding? Auf den Boden soll er's legen, hat Yüksel gesagt. Direkt auf den Boden. Weil, was liegt, nicht fallen kann. Cemal sucht einen freien Vierersitz aus. Er platziert den Rucksack an einem der Fensterplätze, setzt sich daneben und streckt beide Beine aus. *Ganz ruhig jetzt, Cemal!*

Remmdedemm, remmdedemm … Die Fahrgeräusche dröhnen in den Ohren. Draußen rotieren Windräder als schwarze Schattenrisse vor nachtblauem Himmel. Cemal wird nicht ruhig. Im Gegenteil. Seine Hände zittern. Er ballt sie zu Fäusten. Synchron ballt sich sein Magen, schickt einen Schwall Übelkeit die Gurgel rauf. Vielleicht ist er krank, hat sich bei Yüksel angesteckt? Was wäre, wenn er kotzen müsste, Fieber bekäme? Dann könnte er nicht machen, was er anstelle von Yüksel machen soll. *Ich bin krank, ey! Sucht euch 'nen anderen!*

Zu spät. Alles abgemacht. Wer abspringt, ist ein Verräter. Hat den Tod verdient. ›Mach mir keine Schande, kleiner Bruder‹, hat Yüksel gesagt, Seine Augen waren glasig vom Fieber. Oder vor Angst?

Nächster Halt: Wrist, meldet die Leuchtanzeige. Eine Sitzreihe weiter unterhalten sich zwei Frauen über die Vorzüge eines Heimsolariums.

Seit Vater an Krebs gestorben ist und Cemals Familie von Hartz IV leben muss, ist Yüksel bei den Gotteskriegern. Redet von Mission und Vergeltung. Als wolle er irgendwen irgendwie für das alles bestrafen. Cemal will nicht Gotteskrieger werden, sondern Arzt. Weil Ärzte Krebs heilen können. Manchmal. Aber das kann er niemandem sagen. ›Du –

Doktor?‹ Sie würden ihn auslachen. Yüksel hat nicht mal 'ne Lehrstelle als Automechaniker gekriegt.

»Frieden auf Erden und den Menschen ein Wohlgefallen!« In der Sitzreihe vor Marie hat die Oma ein Bilderbuch ausgepackt, liest dem Enkelkind die Weihnachtsgeschichte vor. Die Omastimme kippt vor Ergriffenheit.

Ätzend! Marie rafft ihre Sachen zusammen und zieht um. In der Wagenmitte ist ein Viererplatz frei. Quer über den Gang sitzt ein einzelner Ausländer mit Strickmütze, starrt mit verschränkten Armen zum Fenster raus.

Marie setzt sich.

Der Ausländer sieht zu ihr her, sieht wieder weg. Er ist so alt wie Marie. Und er hat den gleichen Rucksack.

Von Kik oder Lidl oder Tchibo ist der Rucksack. Marie hat ihn von Mamas neuem Lover zum sechzehnten Geburtstag bekommen. Gewünscht hatte sie sich einen von Bench. Der von Kik oder Lidl oder Tchibo sei das ›oberaffengeilste Teil‹, das er habe auftreiben können, hat Mamas Lover erklärt und gelacht. Marie hat einen Plastikzombie an den Tragegriff gehängt und das hässliche Ding wochenlang im Flur abgestellt. Heute soll der Rucksack samt Zombie und Marie in der Alster absaufen. Sie stopft ihn ins Gepäckfach.

»Die Fahrausweise bitte!« Eine Uniform mit Mütze erscheint. Cemal wird heiß. Er soll nicht mit dem Monatsticket fahren, hat Yüksel verlangt, sondern eine Einzelfahrkarte am Automaten ziehen. Hat Cemal auch so gemacht. Und dann die Karte – wohin noch mal gesteckt?

Die Uniform steht abwartend zwischen den Sitzreihen. Kalter Blick, langer Hals. Cemal sucht alle Hosentaschen ab, nestelt im Anorak ... findet endlich das Pappding, zerknüllt, eingerissen.

Der lange Hals räuspert sich. Fragt nach Cemals Perso. Der steckt wie immer in der Anorakinnentasche – zusammen mit der Monatskarte in einer Sichtfolie. Scheiße!

Wozu er zwei gültige Fahrausweise brauche, will die Uniform wissen. Cemal zieht die Schultern hoch und schweigt. ›Wenn sie dich Kanake nennen oder sonst irgendwie blöde anmachen, dann tu, als ob du nix verstehst.‹ Rät die Mutter immer. Manchmal klappt's.

»Wollen Sie auch all meine Ausweise sehen?« Das blonde Mädchen von gegenüber streckt dem Schaffner einen Strauß Plastikkärtchen entgegen: »Mein Perso, mein Schülerausweis, meine Yogaklub-Card, meine H&M-Kundenkarte …«

Der lange Hals kriegt krebsrote Flecken, wendet sich ab. Die Uniform zieht weiter.

Das Mädchen zwinkert Cemal zu.

Er grinst, guckt zum Fenster. Schämt sich, weil seine Hände schon wieder zittern und Schweiß aus seinem Haaransatz rinnt. Die Scheibe spiegelt das Mädchen vor einer Kulisse aus Oberleitungsmasten wider: blonde Kringellocken, Stupsnase … Verdammt, sie hat den gleichen Rucksack wie Cemal! Jetzt läuft der Schweiß auch den Rücken runter. Und der Magen kneift, als ob eine Ratte dran nagt.

Geruckel, gedehntes Quietschen, der RE 21031 hält außerplanmäßig in Tornesch. »Verehrte Fahrgäste, wir warten auf Reisende nach Altona, deren Zug wegen eines Personenschadens auf der Strecke …« Der Rest der Nachricht geht in Unmutsgebrumm unter. Zwei Sitzreihen weiter zetert jemand in sein Handy. »… hat sich wieder so 'n Idiot vor 'n Zug geschmissen, müssen erst die Leichenteile von den Schienen kratzen.«

Marie schnappt nach Luft. Beim Gedanken an einen unförmigen Haufen aus Fleisch, Knochen und Eingeweiden zwischen Bahngleisen wird ihr kotzübel. Lieber die Alster. Ohnmächtig von der Eiseskälte, vom Gewicht der Hanteln im Rucksack in die Tiefe gezogen werden … Und dass man Marie findet, noch bevor das Wasser ihren Körper entstellt, dafür sorgen die drei SMS, die schon fertig auf ihrem Handy gespeichert sind: an Bastian, an Papa und an Mama. Die wird Marie abschicken, ehe sie springt. Schön wie ein Engel will Marie mit ihrem schneeweißen Totenhemd im offenen Sarg liegen. So soll Papa sie sehen. Und sich erinnern, dass er sie ›mein Engel‹ genannt hat, als sie klein war. Jetzt nennt er nur noch die kleine Halbschwester so.

19:34 Uhr, 19:35 Uhr. Der Zeiger der Bahnhofsuhr ruckt weiter und weiter. Cemal zieht sein Handy aus der Hosentasche. Da warten welche auf ihn, am Jungfernstieg, auf dem Weihnachtsmarkt, links neben einem antiken weißen Riesenrad. Cemal kennt sie nicht. Sie kennen Cemal nicht. Aber sie kennen den Rucksack. Es ist ihrer. Wenn Cemal sich verspätet, muss er mit unterdrückter Nummer eine verschlüsselte Botschaft schicken: *Hast du eine halbe Stunde Zeit für mich?* Oder: *Hast du eine Stunde Zeit für mich?* Je nachdem. Bescheuert! Woher soll Cemal wissen, wie lange das hier noch dauert!

Der Regionalexpress aus Heide lässt auf sich warten. Als hätten sie es verabredet, packen Leute ihren Proviant aus. Es riecht nach Cola und Pizzazungen.

Die kleine Katarina muss aufs Klo, kommt mit der Oma an der Hand vorbeigestolpert. Lächelt Marie an. Marie lächelt zurück, zwinkert. Die Oma freut sich und schenkt Marie ein Karamellbonbon.

»Danke!« Marie steckt es in den Mund. Kalorien sind kein Thema, wenn man sowieso gleich stirbt.

19:40 Uhr. Die Waggontüren zischen auf, kalte Luft strömt herein, gefolgt von schlecht gelaunten Leuten, die nach freien Sitzplätzen Ausschau halten. Darunter eine Gruppe Männer mit HSV-Kappen und Bierfahnen. Sie haben es auf Cemals Viererplatz abgesehen. »He, Alter, verschwinde! Hier sitzen wir jetzt.«

Cemal beschließt, nicht zu reagieren.

»Bist du taub, Kanake?« Einer reißt ihm die Mütze vom Kopf, schleudert sie beiseite. Das Mädchen mit den Ringellocken fängt die Mütze auf und gibt Cemal ein Zeichen, das wohl heißen soll: Kannst dich hierher setzen. In Deutschland ist das kein bisschen unanständig, sondern normal. Cemal erhebt sich.

»Na also, Kanake, warum nicht gleich?«

Drei Kerle lassen sich grölend auf die Sitze fallen, der vierte schubst Cemal in den Gang, versetzt dem Rucksack einen Tritt. Der schliddert über den Boden.

Cemal erstarrt. Nichts passiert.

Ringellocke bückt sich, nimmt den Rucksack auf …

Cemal ist mit einem Satz bei ihr, zerrt ihr den Rucksack aus der Hand, fängt ihren erschrockenen Blick auf. Setzt sich. Legt den Rucksack neben sich auf den Boden.

Sie reicht ihm die Mütze, ohne ihn anzusehen.

Bestimmt ist sie jetzt gekränkt, glaubt, dass er glaubt, sie wolle was klauen. *Au Mann, ey!*

Ein ältliches Ehepaar taucht unvermittelt auf und will die beiden freien Plätze. »Da oben gehört das Gepäck hin«, knurrt der Mann und hievt Cemals Rucksack auf die Ablage. »Außerdem möchten wir nebeneinandersitzen, wenn es Ihnen nichts ausmacht.«

Ringellocke verschwindet aufs Klo. Cemals Rucksack zittert zwischen Decke und Ablagegitter.

»Nächster Halt: Hamburg Hauptbahnhof. Sie haben Anschluss …« Ringellocke kommt zurück, aber nur, um ihre Sachen zu holen und sich in die Schlange vor dem Ausstieg einzureihen.

Cemal muss Gerempel vermeiden, bleibt sitzen bis zuletzt. Noch eine Station mit der S-Bahn, bis er am Ziel ist. Und dann?

20:15 Uhr MEZ. Hamburg, Weihnachtsmarkt am Jungfernstieg. Die beiden V-Männer vom LKA haben sich beim Riesenrad postiert, nippen an Tassen mit dampfendem Hagebuttentee und halten Ausschau. Der Kopf einer islamistischen Splittergruppe soll einen Rucksack überbringen, dunkelbraun mit gelben Biesen. Den Mann gilt es festzunehmen, den Rucksack zu beschlagnahmen und unverzüglich zum gepanzerten Wagen hinter der Absperrung zu bringen. In dem Gepäckstück steckt vielleicht ein Sprengsatz, vielleicht eine Sprengsatzattrappe. Nichts ist klar, weil der Bombenbauer, der mit ihnen zusammenarbeiten wollte, abgetaucht ist. Oder abgemurkst wurde. Immerhin ist diese SMS eingegangen: *Hast du eine halbe Stunde Zeit für mich?* Wenn das keine Finte ist, müsste der mutmaßliche Terrorist in diesen Minuten auftauchen.

Cemal hat den Jungfernstieg erreicht, bahnt sich einen Weg durchs Gedränge bis das Riesenrad sichtbar wird. Weiß-bunt und glitzernd dreht es sich zu einer altmodischen Klingeling-Musik. Links davon soll er sich aufbauen, den Rucksack sichtbar in der Hand.

Cemal hält inne, sieht sich um. Er ist umringt von arglosen Menschen, von freundlichen, lachenden, schwatzenden Menschen. Und von Kindern, ganz vielen Kindern!

Soll das Ding hier hochgehen? Jetzt?

Der Angstkrampf in Cemals Magengrube löst sich, verwandelt sich in Wut, eine Wut, die mit Wucht die Kehle heraufströmt. ›Neiiin‹, will Cemal schreien, ›nein, das mach ich nicht! Nie im Leben mach ich so was!‹

Er beherrscht sich, schreit nicht. Sieht sich um. Wohin mit der Scheißbombe? Er tritt ans Alsterufer. Kein Kahn unterwegs. Spiegelglatt die Wasseroberfläche. Ins Wasser damit! Er setzt den Rucksack ab, betrachtet ihn von oben. Am Tragegriff baumelt eine Plastikfigur. Die hat er noch nie gesehen!

Mit einem Mal wird Cemal eiskalt, ihm sirren die Ohren. Der Rucksack gehört Ringellocke. Und sie hat seinen! Wie mechanisch zerrt er den Reißverschluss auf, wühlt, findet ein Handy, sucht nach irgendwelchen Nummern, Kurz-wahlnummern, von Eltern, von Freunden, die wissen, wo sie jetzt hin will. Er lässt den Rucksack fallen, hämmert auf das Display ein. Findet eine SMS im Postausgang: *Tschüss … sterben … heute … Lombardsbrücke!*

Lombardsbrücke? Das ist der uralte steinerne Koloss mit den drei Rundbögen auf der anderen Seite der Binnenalster. Cemal kneift die Augen zu Schlitzen, um besser zu sehen. Keine Gestalt erkennbar, nur auf und ab wabernde Auto-scheinwerfer. Er rennt los, hechtet durch die Menge der Weihnachtsmarktbesucher, die kreischend auseinander-stiebt. Irgendeine Pranke erfasst ihn von hinten, hält ihn am Anorak fest. Cemal windet sich aus der Jacke, stürzt, springt auf, rennt weiter ohne sich umzusehen, rennt den gepflaster-ten Weg am Ballindamm entlang, stolpert über Baumeinfas-sungen, reißt sich an Schlehenhecken wund …

Marie erreicht die menschenleere Alsterpromenade, schlägt den Kiesweg ein, bis sie die Bank findet, auf der sie mit Bas-tian gesessen hat, vorigen September. Auf der er sie zum ersten Mal geküsst hat, heiß und süß. So heiß und süß, wie es jetzt wehtut. Der schöne Bastian, vierundzwanzig und

Assistent bei der Bahnpolizei. Alle Freundinnen haben Marie beneidet. Jetzt lästern sie: ›Seine Ex, die sieht grandios aus, die modelt für Lagerfeld! Hast du das nicht gewusst, Marie? Hast du echt gedacht, der würde so eine Frau verlassen? Wegen dir?‹

Marie steigt die steinerne Treppe hinauf zur Brücke, erreicht den Fußweg, folgt dem Geländer. Gegenüber glitzert der Jungfernstieg wie ein ganzer Weihnachtswald. Tausendfaches Gelächter und Geplapper rauschen herüber. Darüber ein Mond wie ein Halloween-Kürbis.

Marie nimmt den Rucksack ab, schwer ist der jetzt, bleischwer. Sie holt tief Luft. Nur noch den Reißverschluss öffnen, das Handy rausholen, die drei SMS abschicken …

20:26 Uhr MEZ. Die Überwachungskamera auf der Lombardsbrücke dokumentiert einen Raubüberfall. Begangen von einem für die Jahreszeit zu luftig gekleideten jungen Mann, der den Fußgängerweg im Lauftempo betritt und eine junge Frau anfällt, ihr ein unförmiges Behältnis aus der Hand reißt – worauf die Frau taumelt, sich am Täter festhält, der sie wiederum mit ausgebreiteten Armen auffängt. Keine drei Sekunden später fliegt das Behältnis in hohem Bogen in die Alster mit der Folge, dass eine mächtige Fontäne aus dem Wasser schießt und als Sprühregen aus Abertausenden von Glitzerpünktchen niedergeht. Zeitgleich fliegen Scharen von Friedenstauben vom Alsterufer auf, breiten ihre Flügel aus, als wollten sie die ganze Innenstadt segnen …

Es gibt keine Beobachtungskamera auf der Lombardsbrücke. Und gäbe es eine, dann würde sie bloß den Springbrunnen zeigen, der ganzjährig die Mitte der Binnenalster ziert, würde eine Schar Nordseemöwen filmen, die dröge ums Ufer segelt. Nur Marie sieht die gigantische Fontäne und die Heerscharen von Friedenstauben. Marie, die mit ihrer Oma und ihrer Halbschwester Katarina in einer der Gondeln des Riesenrads am Jungfernstieg kreist. Marie, die die Geschichte von ihrem in letzter Sekunde verhinderten Selbstmord getagträumt hat. Nachdem sie bei Facebook erfahren hat, dass Bastian Vater wird und heiraten will. Seine Ex. Seine angebliche Ex.

Hoch hinauf fährt die Gondel, dreht sich langsam zum Rathausturm. Marie schickt der schwarzgrauen Silhouette der Lombardsbrücke ein Abschiedslächeln, nimmt die kleine Katarina auf den Schoß und summt ihr ganz, ganz leise ein Weihnachtslied ins Ohr: »Maria durch ein' Dornwald ging ...«

21:00 Uhr MEZ, Bahnpolizei Hamburg. Nach einer weitgehend ereignislosen Schicht packt der diensthabende Assistent Sebastian Wagner seine Sachen zusammen, um nach Hause zu gehen, als sein Privathandy den Eingang einer SMS meldet. Einer SMS von Marie: *Hi Bastian. Sorry, wir müssen uns trennen. Hab 'nen anderen. Er heißt Cemal.*

Roger M. Fiedler

Zeigersprung

12:22 Uhr, die Einfahrt in den Tunnel ist gesperrt. Ich habe eine Gastfahrt in der Petershausener bis zur Donnersberger Brücke. Dort übernehme ich die S7 zurück zum Ostbahnhof. Allerdings wird mir die Zeit knapp, denn der Übergang an der Donnersberger ist etwas heikel, gerade um die Mittagszeit. Man wechselt den Bahnsteig zwischen Kiosken und Imbissbuden. Es ist Mittagszeit, die Schüler werden die Gänge verstopfen und ich bin knapp dran.

Unser Fahrmeister ist – kollegial gesagt – ein rechtes Arschloch. Den Hardy kann keiner leiden, vor allem nicht dann, wenn er mit leerem Magen an seinem Rednerpult am Ostbahnhof hockt, weil er fastet. Wenn Hardy fastet, dann futtert er Sauerkraut und trinkt keinen Alkohol, nur Bier, entsprechend riecht er. Man geht ihm besser aus dem Weg. Am Bahnhof ist das leicht. Dort trennt eine Glasscheibe mit Mikros an beiden Seiten ihn und die Schaffner. Aber auf der Strecke kann man den Launen des Fahrmeisters nicht gut aus dem Wege gehen. Er ist über Funk ständig präsent.

Ich bin seit knappen acht Stunden auf Achse, vom Rangierdienst morgens in Geltendorf bis jetzt liegen drei Fahrten zum Flughafen hinter mir und zwei Stunden Gegurke auf der Stammstrecke. Wir nennen das ›radeln‹. Pasing – Ostbahnhof, Ostbahnhof – Laim, Laim – Ostbahnhof, Ostbahnhof – Pasing, Pasing – Donnersberger, Donnersberger – Ostbahnhof. Hin und her zwischen den Stationen im Westen und Osten der Stadt geht es wie das Schiffchen im Webstuhl immer wieder durch den Tunnel, bis man nicht mehr weiß, in welcher Richtung man sich bewegt. Eigentlich sollte ich nach meiner Schicht mit einem guten Buch auf dem Sofa liegen und schlafen, aber Hardy hat Mist gebaut und ich war der Erste, der ihm begegnete: »Kannst du mal eben ...«, ... drei Stunden Stammstrecke an die S8 dranhängen, eine angebissene Butterbreze und einen Automatenkaffee im Bauch seit der Abschiedsparty gestern für Kollege Jo. Der hat seine Konsequenzen gezogen, schmeißt den Job hin und wandert nach Australien aus. Die Feier war Grund genug für Hardy, seine Fastenwoche für einen Abend zu unterbrechen und sich randvoll laufen zu lassen, großartige Reden über Kameradschaft zu schwingen und darüber seine Ersatzfahrpläne für den nächsten Tag zu vergessen.

Zu allem Überfluss brennt am Ostbahnhof auf Gleis 3 ein Abfalleimer und der gute Hardy in seiner Sauerkrautsuff-Überforderung hat kurzerhand die Einfahrt aus Richtung Innenstadt gesperrt, gleichzeitig auch die Ausfahrt in Richtung Innenstadt und damit den gesamten Tunnel. Wir stehen schief wie Dachdecker in der Kurve, die in den Untergrund zum Rosenheimer Platz führt, und hören hinter der Tür vom Fahrgastraum die Passagiere allmählich nervös werden, weil der Verkehr stockt. Eigentlich darf der so was nicht. Es ist eine Sache des Fahrdienstleiters, aber Hardy kann es, wenn er sich auf seine Sondervorschriften im Gefahrenfall bezieht, und wenn die Strecke einmal dicht ist, dann muss der Fahrdienstleiter sie wieder freibekommen. Ist 'ne Sache von Vorschriften und Abervorschriften. Bei uns kommt nur eine Durchsage an, die da heißt: Verzögerung im Betriebsablauf auf unbestimmte Zeit, bemühen uns um baldige Weiterfahrt und danken für Ihr Verständnis, Amen.

Jo und ich setzen unsere Mützen ab, damit uns niemand als Schaffner erkennt, sollten wir den Zug verlassen müssen. Das kann heikel werden, wenn sich hier im Tunnel die Gemüter erhitzen.

Jo öffnet die Tür, steigt ins dunkle Gleis hinunter und lugt vorsichtig um die Ecke zum Einfahrtsignal. Dort draußen ist es schwarz, gefährlich und der Ausstieg überdies verboten. Der Tunnel ist Münchens Hauptschlagader. Alles muss hier durch.

Der Tunnel beginnt stadteinwärts hinter der Hackerbrücke und endet am Ostbahnhof. Die viereinhalb Kilometer Gleisstrecke unter der Innenstadt gehören zu den meistbefahrenen in ganz Deutschland. Wenn es hier stockt, gucken Tausende von Pendlern ratlos auf die Uhr, schütten Adrenalin aus, Stresshormone, die unterirdisch überkochen. Besser, man hält sich von den Gleisen fern, egal ob Gleisarbeiter oder Schaffner. Jo kümmern solche Dinge nicht. Heute ist sein letzter Tag. Knallrot, schätzt er das Signal ein. Es hätte auch einfach nur rot sein können, dann hätten wir uns mit Erlaubnis des Fahrdienstleiters im Schritttempo vorwärtstasten dürfen, aber so stehen wir still. HP-00. Der rote Schimmer hellt den Führerstand kaum auf. Ich höre, wie sich die Tür hinter Jo schließt. Im Fahrgastraum geht dafür das Gepolter los. Mehrere Passagiere sind wohl gleichzeitig auf den Gedanken gekommen, einer drohenden Erstickung durch Öffnen aller Fenster vorzubeugen. Im Tunnel wabert gummihaltige Luft. Der Lokführer hat seine Durchsage begonnen, niemand versteht ein Wort, weil der Lokführer

Sachse ist und heute nicht recht bei Laune, außerdem stört das Geklapper der Fensteröffner und die ersten hörbaren Spannungen kommen auf. Zwischen Frischluft und Informationsbedürfnis beginnt die Schulklassenfraktion wie blöd zu plärren, weil im Tunnel das Internet nicht klappt und Rettungs-SMS ihre Empfänger nicht erreichen, jemand klatscht mit der flachen Hand von außen gegen die Führerstandstür und ruft irgendwas von Freiheitsberaubung. Man braucht einen Dreikantschlüssel, um hier hereinzukommen. Ich bin dankbar für diese Sicherheitsvorkehrung. Panzertüren wären besser. Ein Knacken in der Gegensprechanlage stimmt optimistisch. Der Fahrdienstleiter lässt ausrichten, dass es in fünf Minuten weitergehen wird.

Im Zug sind gefühlte sechs Stunden vergangen, die Uhr zeigt die laufende vierte Minute an, erste Tritte gegen Türhebel künden von der Bereitschaft der vornehmlich jugendlichen Fahrgäste, sich konstruktiv an der Lösung des Endzeitdilemmas zu beteiligen. Ein leichter Ruck geht durch den Zug, weil der Sachse vorne einen halben Meter vorwärtsgerollt ist, um die Funktionstüchtigkeit seiner Bremsen zu prüfen. Die Gefällstrecke bietet dafür eine gute Gelegenheit, und die Fahrgäste beruhigen sich für den Moment. Wenn sie schon nicht den Optimismus des Fahrdienstleiters teilen, so ahnen sie doch, dass noch Personal an Bord ist, welches mit Hochdruck an der Krisenbewältigung arbeitet. Jetzt ist Zeit für die ersten funny Verspätungsdurchsagen, etwa: »Die S3 aus Germscheid wird an der Hackerbrücke noch erreicht, der ICE nach Würzburg kann am Hauptbahnhof nicht warten.« Mittlerweile rollt aus der Gegenrichtung die Moosacher S1 heran. Sie soll im Schritttempo die Station vom Rosenheimer Platz freigeben, damit dort die S4 einfahren und der S3 vom Isartor Platz machen kann, die der S7 auf dem Streckenabschnitt zwischen Marienplatz und

Isartor im Weg steht, wo jetzt die S6 einfährt. Die sich am Bahnsteig stauenden Fahrgäste können so wenigstens schubweise einsteigen, damit die Rolltreppen im Stadtzentrum nicht zu Todesfallen werden.

Die folgende Durchsage sorgt für augenblickliche Ruhe: Es habe am Rosenheimer Platz einen Bankraub gegeben, die Kriminalpolizei bitte um Mithilfe, soweit Fahrgäste Beobachtungen mitteilen könnten, und eine Telefonnummer. Für einen Moment besinnt sich die Meute hinter der Cockpittür. Man spürt, wie die Randale abflaut und stattdessen alle drauflosbeobachten, damit sie die Nummer wählen und Sachdienliches mitteilen können. Zum Beispiel den Brand von einem Abfallbehälter auf Gleis 3 am Ostbahnhof und eine damit einhergehende Signalstörung am Tunneleingang, sowie die Verzweiflung zweier Schaffner auf Gastfahrt, von denen einer morgen nach Australien auswandern wird und deshalb ein breites Lächeln zwischen seine Zähne klemmt. Ihm kann alles egal sein. Der Bankräuber allerdings, der hat mein Mitgefühl. Er soll per S-Bahn geflohen sein. Ich frage mich, wie weit er gekommen ist.

Die Schülergang hinten scheint sich lautstark ähnliche Fragen zu stellen, angereichert um Erfahrungsinhalte, die aus Hollywood stammen. a) Was wird der vermutlich bewaffnete Täter tun, wenn er wie alle anderen im Zug festsitzt? Geiselnahme, Schießerei, Panik, Notentriegelung und Fußflucht durch den Tunnel. Und b) steckt die Bahn mit der Polizei unter einer Decke und der fingierte Stau dient in Wirklichkeit der Strafverfolgung? Ganz klar: Der Zug ist entgleist, wir sind sozusagen alle auf der Fehlspur. Und das angebliche Funkloch ist in Wirklichkeit eine Nachrichtensperre. Eine Schießerei wäre jetzt voll geil.

Ich frage mich, wann die ersten die Türen aufreißen und in die Gleise hüpfen werden. Jo, der im Laufe seiner Dienstzeit unter Tage und im Spinnennetz rund um München einen beträchtlichen Erfahrungsvorsprung gesammelt hat, lacht über den trockenen Humor des sächsischen Lokführers, der die ganze Bankraubstory natürlich erfunden haben muss. Seiner Meinung nach die beste Methode, um den Stress im Fahrgastraum hinter der Kabinentür unter Kontrolle zu bringen. Ich gebe ihm Recht. Wie man hört, arbeiten die Jugendlichen schon daran, die Türschlösser aufzutreten, um selbst die Verfolgung der Täter aufzunehmen.

Jo und ich sind im Laufe der Zeit dicke Freunde geworden. Wenn man so will, weil uns der Zynismus gegenüber dem Fahrgast als solchem zusammenschweißt. Man kann, wenn eine Frau schimpfend und fluchend eine fahrende S-Bahn von hundertzwanzig Tonnen mit dem Henkel des Regenschirms festzuhalten versucht, wenn jemand einen Kinderwagen vom Bahnsteig tritt, um einen Sitzplatz zu ergattern, nicht mehr mit dem krawattigen Ernst der Dienstvorschriften überleben. Man braucht eine Strategie, die über die biochemische Kontrolle des Nervensystems hinausgeht. Man braucht konfuzianische Gelassenheit – oder ein gültiges Visum für die andere Welthalbkugel. Jo ist Pianist. Ihm steht die Welt offen. Ich bin nur Zyniker. Mir steht die Kühlschranktür offen und die tägliche Flucht in die Gegenwelt auf der Rückseite der Kronkorken. Die Idee mit dem Banküberfall leuchtet mir jedenfalls sofort ein. Ich habe in der Filiale vom Rosenheimer Platz sogar ein Konto und die geradezu sprichwörtliche Unfreundlichkeit der Mitarbeiter dort könnte einen Bankraub zusätzlich motivieren. Wenn wir nach Dienstende im Biergarten sitzen werden, der Jo und ich, und das letzte Weißbier vor seinem Flug trinken, dann werde ich nicht nur seine Gesellschaft zu vermissen beginnen, sondern sicher auch eine sechsstellige Summe, um mir wie er irgendwo auf der Welt ein ruhiges Plätzchen an der Sonne zu suchen. Klavierspielen zu lernen, stelle ich mir als geringstes Problem dabei vor.

Endlich ruckelt die S-Bahn an. Die roten Augen des Hauptsignals leuchten jetzt grün-weiß, ich kann sie um die Ecke sehen, als der Sachse den Lindwurm ohne Antrieb in den Schacht hinuntergleiten lässt. Er korrigiert nur leicht mit der Wirbelstrombremse, sodass wir völlig geräuschlos von der dunklen, kalten Höhle geschluckt werden. Aus der Gegenrichtung schrammt die Siebener so durch die Kurve, dass einem bei offenem Fenster die Ohren schallern. Im Zug schließen sich schlagartig wieder die Fenster.

Jo bindet sich die Krawatte um den Hals. Wie es scheint, hatte er seinen letzten Tag formloser geplant gehabt, doch nun ändern sich die Dinge. Es wird eine Umkleidungsorgie, denn er hat an seinem letzten Tag praktisch kein Uniformteil richtig am Leib. Dumm gelaufen. Auch ich setze meine Mütze wieder auf den Kopf und schiebe den Kragen gerade, denn am Bahnsteig vom Rosenheimer Platz stehen die Kollegen vom Grenzschutz mit denen von der Polizei und dem Obermufti vom Ostbahnhof beisammen, wir nennen ihn den Zeppelin. Der Sachse, zwei Führerstände weiter vorne, informiert uns freundlich über Gegensprechanlage, das Rauchen einzustellen, die Fahrdienstbücher aufzuschlagen und die Mützen richtig herum aufzusetzen.

Trotz erschwerter Bedingungen im dunklen Tunnel rollen wir formal korrekt gekleidet am Bahnsteig ein. Ich kann mir einen militärischen Gruß mit der flachen Hand gerade so verkneifen. Zur Demonstration des Diensteifers kurbele ich die Scheibe runter und lasse meinen Blick bei Einfahrt des Zuges vorschriftsmäßig an der Bahnsteigkante entlangschweifen. Nur für den Zeppelin nehme ich das Mikro aus der Halterung und sage Vorsicht bei Einfahrt des Zuges an, Zugziel und -nummer. Jo und der Sachse loben mich unisono. Der Zeppelin ist am Bahnsteig in sein Gespräch mit den Polizisten vertieft. Vermutlich erklärt er ihnen gerade, wohin der Tunnel in beiden Richtungen führt und wer wo aus welchen Gründen nicht zu Fuß entkommen kann.

Stadteinwärts befindet sich die Isartorsperre, eine gewaltige unterirdische Wasserschutztür für den Fall einer Isarflut – mit videoüberwachter Bewegungssensorik in beiden Richtungen. Da kommt nicht mal 'ne Maus durch. In der anderen Richtung das Ausfahrtssignal und dann der Ostbahnhof. Vom Bahnsteig aus wäre jeder zu sehen gewesen, der den Tunnel zu Fuß verließe, die Tunneleinfahrt ist rundum abgezäunt. Der Täter muss folglich einen S-Bahn-Zug genommen haben. Und wegen des Staus, verursacht durch den brennenden Abfalleimer, konnte man ziemlich sicher sein, dass er noch keine Gelegenheit hatte, dem Streckennetz wieder zu entkommen.

Vollsperrung. Ich schaue zu Jo hinüber. Der hat leichtsinnig schon Gepäck für den Flug nach Down Under dabei, und seine Ayinger S1 hatte Besseres zu tun, als in Laim auf ihn zu warten. Er verschnürt seine Habseligkeiten zu einem immer noch unhandlichen Bündel, unschlüssig, was er damit tun soll. Den Lokführer hat der Bankraub kalt erwischt. Mit Verspätung würde er heute nicht mehr nach Rosenheim kommen, und damit nach Hause. Für solche Fälle gibt es am Hauptbahnhof den Sozialbereich, wir nennen ihn schon mal Stundenhotel. Jo diskutiert mit dem Sachsen über Gegensprechanlage sein Gepäckproblem. Mit der Tasche kann er sich unmöglich durch die polizeilichen Absperrungen quälen. Das Gespräch ergibt: Im Stundenhotel ist für Fluggepäck kein Platz. Jo plant, die Tasche im Bereitschaftsraum in Laim zu deponieren. Wenn der Spuk auf der Stammstrecke vorbei wäre, könne ich sie dort abholen und wir träfen uns wie geplant im Biergarten auf unseren Abschiedstrunk. Das verkompliziert meine Überstundensituation, aber es erspart Jo zwei überflüssige Gastfahrten. Angesichts der achtzehn Stunden Flug, die vor ihm liegen, eine erhebliche Erleichterung. Wir gehen unsere Dienst- und Bereitschaftspläne durch. In Laim gibt es gute Mohnschnecken bei der Bäckerei in der Straßenunterführung, ein Highlight vor Dienstschluss und gleichzeitig, da der Bäcker eine Quasselstrippe ist, gratis dazu frische Informationen über alles, was in Sachen Verkehrschaos und Bankraub noch zwischenzeitlich passieren wird. Ich denke, ich kann Jo bei seinem Gepäckproblem aushelfen.

Aber schon am Hauptbahnhof kommt uns Hardy Sauerkraut dazwischen, dirigiert mich raus aufs Gegengleis, da wartet ein Langzug ohne Schaffnerbegleitung, den soll ich erst mal retour zum Ostbahnhof bringen. Dort dann in die erste Bahn, die kommt – er wird mir unterwegs noch die Zugnummer durchsagen –, und danach immer fröhlich auf und ab geradelt zwischen Hackerbrücke und Ostbahnhof. Außerhalb der verkürzten Stammstrecke führen nur noch Planschaffner mit. Auf diese Weise, ermahnt mich Hardy, sei ich in besonderer Weise sozusagen als verlängerter Arm der polizeilichen Ermittlungen zur Beobachtung der Sachlage verpflichtet. Ein Schwachsinniger am Schaltpult hätte die Sicherheitslage im Münchner Untergrund nicht nachhaltiger beeinträchtigen können als Hardy im Dienste der inneren Ordnung. Jo und ich verlieren uns aus den Augen. Das Taschenproblem bleibt in der Schwebe.

Ich komme kurze Zeit später schon wieder in Gegenrichtung unter der ausgenommenen Bank durch und am Ostbahnhof raus. Die Sache mit dem brennenden Mülleimer hat man durch den Einsatz eines Feuerlöschers des örtlichen Stadionsprechers auf Gleis 3 mittlerweile auch im Griff. Hundertsiebenundzwanzig Verspätungsmeldungen sind auf

Hardys Initiative der Tunnelvollsperrung aufgelaufen. Der ausgebrannte Abfalleimer liegt beim Wechsel der Züge auf meinem Weg. Kaum der Rede wert: ein Paar verbrannter Arbeitshandschuhe. Ich entwickle folgende Theorie: Wenn man Banken ausrauben will, sollte man sich dafür Tage aussuchen, an denen Hardy Dienst tut. Am besten, wenn er fastet und sich am Abend vorher einen genehmigt hat. Chaos ist hilfreich. Und es braucht nicht mehr als ein Streichholz. Der Abfalleimer ist hin. Wie ich die Bahn kenne, wird das 'ne Stange Geld kosten, vermutlich mehr als mein Monatsgehalt.

Den regulären Weg zum anderen Bahnsteig versperren gleich zwei Polizeikordons an den Rolltreppen. Ich nehme die illegale Abkürzung über den Trittplattenweg hinterm dritten Zugzielanzeiger. Den sollen nur Lokführer benutzen, aber momentan scheint er für das Schaffnerpersonal die einzige Durchgangspassage zu sein. Beiderseits des Nadelöhrs stauen sich die Uniformierten. Ist nicht ganz ungefährlich. Die Bahnen fahren im Zeigersprung, jede Minute könnte hier einer getötet werden. So gesehen ist die Absperrmaßnahme an der Rolltreppe enorm effizient. Zur Ergreifung des Täters trägt sie nicht bei, der läuft noch frei herum. Der Kerl wäre dämlich, hier am Bahnsteig auf seine Verhaftung zu warten. Aber was weiß ich schon von operativer Polizeitaktik und Täterprofiling? Ich bin nur Schaffner. Nach Hardys Meinung muss ein Experte den Fall lösen. Ich nehme an, er meint damit sich selbst. Auch er hat eine Theorie, wie praktisch jeder mittlerweile eine Theorie hat. Theorien sind die solide Grundlage aller Pannen im öffentlichen Personennahverkehr.

Wir haben eine Signalstörung in dem stadtauswärts gelegenen Ansagehäuschen, aus dem der Feuerlöscher stammt, mit dem der Brand an Gleis 3 eingedämmt werden konnte.

Wie man hört, ist ein Becher Kaffee über der Schalttafel ausgelaufen, an der die Abfahraufträge gegeben werden. Die ganze Elektronik ist hin. Anstatt der grünen Leuchtkränze müssen nun die Zugaufsichten vor die Hütte treten und Kellen schwenken, damit die Züge abfahren können. Ein geschulter Beobachter wird hinter der Panne sofort ein System erkennen. Ich nicht. Hardy glaubt nicht an Zufälle. Er glaubt an Schlamperei. Ich denke, er ist der Fachmann. Er vergisst, mir die Zugnummern durchzugeben, ich fahre also blind mit der nächsten Bahn in Richtung Zentrum. Der Zug kommt aus dem Ausbesserungswerk in Steinhausen. Er steht an Gleis 1, das Abfahrtsignal gebe ich mir selber. Im Führerstand sitzen schon zwei Kollegen von Polizei und Grenzschutz. Sie wollen die Strecke absuchen. Die Tunnelbeleuchtung ist mittlerweile in Betrieb und alles irgendwie Auffällige soll ich ihnen umgehend melden. Ich stehe zwischen den beiden Uniformierten und frage mich, wie man korrekt Meldung erstattet, als der Zug wie eine halbe Stunde zuvor in die Röhre gleitet. Wir sind alle drei hoch aufmerksam. Ich tue zumindest so.

Die genaue Tatzeit scheint 12:00 Uhr mittags gewesen zu sein. Während ich über dieses Pünktlichkeitsdetail nachdenke, erklärt der Bahnpolizist seinem außerbahnlichen Kollegen, was es mit dem Zeigersprung auf sich hat. Dass nämlich die Bahnhofsuhren bewusst einen Tick zu schnell laufen, damit der Zeiger, wenn zur vollen Minute das Taktsignal kommt, auch wirklich springt. Es leuchtet mir irgendwie ein, was er sagt. Andererseits auch wieder nicht. Ich muss auf diese Sache einmal achten. Ich höre, dass der Täter auf der Bank ständig zur Uhr gestarrt haben soll und, Höhepunkt der Geschichte, exakt zum Zeigersprung die Bank verlassen habe. Er hatte, rechne ich mir damit aus, exakt eine Minute für zwei Treppen und den Sprung in einen von zwei Zügen, die entweder stadteinwärts oder stadtauswärts im Tunnel bereitstanden. Zugnummern und Ziele wären leicht festzustellen, das hatte die Polizei sicher schon veranlasst, aber mir fällt auf: Der Täter muss eine Monatskarte besitzen. Auch darauf ist die Polizei ganz sicher schon gekommen, denn wenn man sich nicht mit Stempeln oder am Automaten verzetteln will und der Gefahr zufälliger Entdeckung durch einen Kontrolleur entgehen, wird man als Täter sicherlich vorher an einen gültigen Fahrschein denken. Damit wäre es, finde ich, auch als wahrscheinlich anzusehen, dass der Täter schon per Bahn hier angekommen ist. Dann muss er die Bank und die Station gut kennen, denn die Rolltreppen und Türen oben und unten haben es in sich, das weiß ich als Kunde. Die Rolltreppe ist lang und schnell verstopft, wenn sie mal ausfällt, die Stufen zu Fuß erreicht man nur mit einem zusätzlichen Schlenker. Den muss man üben.

Da ich für Theorien allerdings nicht zuständig bin, weise ich den Herrn von der Bahnpolizei auf einen neuen Graffiti-Tag hin, der stadteinwärts die Tunnelwand ziert, und sage weiter fleißig meine Stationen an.

»Wie groß, in etwa«, frage ich den Beamten, »kann man sich so eine Tasche mit der Beute vorstellen?« Beide Ordnungshüter starren mich an, als sei ich selbst der Täter oder aber jeder müsse wissen, wie dick hunderttausend Euro sind. Jetzt noch einen kleinen Scherz über ewigen Sonnenschein, Australien und Neuseeland einflechten, und ich säße am Abend statt auf dem Sofa in einer Zelle. Jo hätte wohl auch keine rechte Freude an seinen Landfluchtplänen. Der Zusammenhang zwischen ihm und der Bank lag ja geradezu auf der Hand. Wieso sollte schließlich ein nicht krimineller Pianist nach Australien auswandern? Noch dazu an einem Donnerstag?

Nun ja, ich selbst bin mir ziemlich sicher, die Bank nicht

ausgeraubt zu haben. Ich war zu dieser Zeit zwischen Unter-
föhring und Johanneskirchen unterwegs, freilich ohne Zeugen. Der Täter allerdings muss mir ziemlich ähnlich sein, ein
Münchner von mittlerer Größe und Statur, männlich, wahrscheinlich um die dreißig, in Zeitdingen korrekt, ausgerüstet
mit Ortskenntnis rund um den Rosenheimer Platz und Monatskarte des MVV, vermutlich Kunde der Bank, gegenwär-
tig mit einer Tasche voll Geld im Untergrund. Ich denke
nicht mehr, dass ich der Täter sein könnte, ich wünsche mir,
ich wäre er. Mir fehlt nur die Beute. Sie soll sich in einem
roten Rucksack befinden.

Beim Umsteigen an der Hackerbrücke übernehme ich
stadteinwärts die S4. Es muss ein sorgfältig planender Einzeltäter gewesen sein, denke ich. Die Polizei konnte sich
sparen, die Bahnhofsvideos von den Stationen durchzugu-
cken. Der Mann ging vermummt in den Zug und kam an der
nächsten Station zivil wieder heraus, dann stieg er um und
war nicht mehr zu finden. Vermutlich hat er seine Tarnklei-
dung in den Müll geworfen oder verbrannt. Tja. Doch wie
umging er die Identifikation anhand des roten Rucksacks?
Hat er ihn im Zug gelassen? Als Einzeltäter war ihm das
nicht möglich. Man hätte ihn am Ostbahnhof beziehungsweise am Isartor oder Marienplatz anhand des Rucksacks auf
den Videos erkannt, es sei denn, er wäre weiterhin vermummt gewesen. Dann wäre er aber in der Menge aufgefallen. Der Rucksack ist bisher nicht aufgetaucht, auch nicht
als Fundstück. Also musste der Täter ihn unmittelbar nach
der Tat irgendwo deponiert haben. Und jetzt stellt sich die
Frage, wo. Am Ostbahnhof brannte der Mülleimer, also
blieb nur der Streckenabschnitt dazwischen.

Ich gucke dort noch mal kurz in den Abfalleimer. Keine
roten Rucksackreste. Der nächste Zug bleibt wie der
12:21 Uhr nach Petershausen am Signal stehen, rollt sanft in

das schwarze Loch zum Rosenheimer Platz hinab und stockt drei Mal hintereinander heftig, wie es der eine oder andere Kollege unter den Lokführern gern macht, um alte Omas im Zug von den Sitzen zu reißen.

Ich öffne die Tür und luge um die Ecke. Man sieht das Signal, auch ohne ins Schotterbett zu steigen. Das gibt mir zu denken. Eine weitere Auffälligkeit: Bei der Reparatur der Schalttafel vom Aufsichtshäuschen hat man eine Flasche sechzigprozentigen weißen Rum entdeckt. Halb leer. Die Kaffeetheorie vom Signalkurzschluss gerät somit ins Wanken. Warum sollte sich jemand am Automaten Kaffee ziehen und dann auf der Schalttafel vergessen? Vergesslich ist der zweite Vorname von Hardy, aber der hat gerade Fastenkur und nie im Aufsichtshäuschen Dienst. Da passt noch einiges nicht zusammen.

Am Hauptbahnhof habe ich Zeit für einen Gang durch den Spirituosenladen, bevor die S7 einfährt. Sie haben weißen Rum da. Ich frage, ob der schon mal von Kollegen gekauft wird. Das Ergebnis ist niederschmetternd. Ich bin nicht der einzige latente Alkoholiker, nur bin ich noch im einstelligen Volumenprozentbereich und auch nur nach Feierabend. Ich erkenne in der Beschreibung des Kunden Jo wieder. Oha! Seine Tasche fällt mir wieder ein. Der Kunde hatte zwar keinen roten Rucksack gehabt, aber ein roter Rucksack passt in eine schwarze Tasche.

Meine S7 hat zwanzig Minuten Verspätung. Zuerst fährt eine ein, die pünktlich ist. Am Ostbahnhof koppeln wir beide zusammen. Als Langzug braucht sie außerhalb der Stammstrecke Begleitung bis Ottobrunn – Zeit genug, sich Gedanken zu machen. Der Zeigersprung, das Feuer am Ostbahnhof, die Monatskarte, weißer Rum, Rucksäcke im Tunnel und gestörte Signale. Ich geige noch circa zehn Mal die Stammstrecke rauf und runter, bis sich die Haidhauser Sparkassennebel verflüchtigt haben. Polizei ist nicht mehr präsent, der Täter erst recht nicht.

Mir ist klar: Es war einer von uns. Die Beute steckte auch in keinem Rucksack, sondern einem roten Daypack, gesponsert zum Spartag von der Filiale der Sparkasse im Ostbahnhof, bei der die meisten Schaffner Kunden sind.

Aus meiner letzten Gastfahrt mache ich eine Dienstfahrt nach Laim, um das Gepäck von Jo abzuholen. Der Bäcker in der Unterführung gibt mir letzte Hinweise. Der Täter habe gelallt oder mit russischem Akzent gesprochen. Fein. Wenn jemand den *Kleinen Hobbit* ins Russische übersetzt, bevor er nach Australien auswandert, regt sich die Fantasie. Jo ist nicht nur am Klavier ein Virtuose, sondern auch sprachlich. Die erdrückende Beweislage, hinreichend Gelegenheit und ein nachvollziehbares Motiv schmälern nicht die beeindruckende Bilanz seines letzten Arbeitstages, wenn ich ihn richtig rekonstruiere.

Was hat der Vergleich unserer Dienstpläne ergeben? Gegen halb zwölf kam Jo mit seiner S5 aus Herrsching per Gastfahrt zum Hauptbahnhof, dort kaufte er sechzigprozentigen weißen Rum, tauschte auf dem Weg zum Ostbahnhof in der Ismaninger mutmaßlich seine Uniform gegen schwarze Klamotten mit Skihaube und Arbeitshandschuhen, versteckte die Tasche mit der Uniform im Führerstand und verließ am Rosenheimer Platz mit dem Daypack über der Schulter den Zug. Dort lief er zur Filiale der Sparkasse hinauf, nahm sie aus, kehrte zum Zeigersprung zurück und stieg in die S8. Am Ausfahrtsignal vom Tunnel öffnete er die Führerstandstür und warf die Beute mitsamt dem roten Daypack noch im Tunnel am Signal zwischen die beiden Gleise. Dann ging es weiter zum Ostbahnhof, wo er unvermummt aus dem Zug stieg. Skimaske, Handschuhe und Plastikrevolver im Abfall mithilfe von dem hochprozentigen

Alkohol entzündete. Dann wartete er im Aufsichtshäuschen auf die Rückkehr der Ismaninger als S2 nach Petershausen. Im Führerstand befand sich immer noch seine Tasche und mit der Tasche die Uniform. Während die Kollegen den kleinen Brand löschten, überquerte Jo die Gleise illegal auf dem Plattenweg und stieg vor mir in die Petershausener Bahn. Wir kamen nur bis zum Einfahrtsignal zum Tunnel, denn wegen des Notfalls war die Stammstrecke gesperrt. Jo nutzte die Gelegenheit, nach dem Signal zu sehen, verließ den Zug und holte seine Beute aus dem Gleis. Ich konnte im Dunklen nicht sehen, was er da draußen im Tunnel zu wurschteln hatte. Vielleicht ging ja sogar die Signalstörung vorher auf seine Kappe? Jedenfalls war er einer der ganz wenigen, die wussten, dass seine im Führerstand der S2 deponierte Uniform auf dem Rückweg wieder an ihm vorbeifahren würde.

Er stieg ein, legte mit mir zusammen auf dem Weg zum Rosenheimer Platz den offiziellen Ornat wieder an, die Beute brachte er wie abgesprochen nach Laim in den Aufenthaltsraum und fuhr mit seinem wasserdichten Alibi dem Dienstende entgegen. Er hatte eine Dauerkarte, den Schlüssel zum Dienstabteil, die Fahrpläne, Abfahrtzeiten, Kenntnis und Zugang von und zum Tunnelsystem und seinen Möglichkeiten. Motiv, Gelegenheit und Mittel. Hardy, sagt Derrick in Gedanken, hol schon mal den Zug!

Ich gehe in den Aufenthaltsraum und hole die Tasche. Trotz Neugier lasse ich sie geschlossen bis zum Ostbahnhof, dort treffe ich Jo, wir gehen ein letztes Händl essen. An der Unterfahrt erfahre ich den Rest der Geschichte. Sie haben ihn zwischenzeitlich geschnappt, den Täter. Jo kann es nicht fassen. Er reißt die Tasche auf. Darin weißer Rum, eine volle Flasche. Kein rotes Daypack, kein Geld. Er hat den Rum für Hardy gekauft. Doch als er ihm die Flasche geben wollte, saß der nicht an seinem Platz, Hardy kam ihm auf dem illegalen Überweg entgegen. Der Fahrmeister war zwanzig Minuten von seinem Platz weg und es hat keiner gemerkt. Den Verdacht hatte ich allerdings schon immer, dass es niemandem auffallen würde, wenn Hardy eines Tages nicht mehr da wäre. Doch zwanzig Minuten sind 'ne Menge für einen Fahrmeister. Trotzdem wäre ihm niemand auf die Schliche gekommen. Aber dann zahlt der Depp am Ostbahnhof dieselbe Summe in der Sparkasse ein, die eine Station weiter geklaut worden ist.

»Da hamsen eikastelt. Mei is der bled! I hab iham die Floschn zum Abschied schenken wolln. Der Hardy vertilgt des Zeich wie Rübensaft. Da steht der Fahrmeister in Handschelln hinter seiner Glasscheiben, schwarz gekleidet wie an Mönch, und am Pult liegt noch die Kapuz'n vom Bankraub. Und d'Händ hat er sich sakrisch am Mülleimer verbrannt, der Depp!«

Wir blicken zur Uhr: 20:00, auf den Punkt. Dienstende.

... das DB-Museum in Nürnberg Automatenschulungen anbietet?
In diesen Kursen kann man von Fachtrainern lernen,
wie man am Automaten eine Fahrkarte kauft.

Irgendwo in Deutschland

Alexandra Trudslev

Drück mich jetzt!

Auf ihrem T-Shirt steht: *Noch kein Ticket?* Sie hat aufgehört, sich damit dämlich vorzukommen. Sie hat sich an die Baseballcap gewöhnt, die ihr ständig ins Gesicht rutscht. Mit routinierter Hand schiebt sie sie jedes Mal zurück, ohne ihre Erklärungen zu unterbrechen. Ein kurzer Griff an den Stoff, mehr nicht. Irgendwann hat sie gemerkt, dass dieses übergroße Ding perfekt ist, um sich vor der Masse zu verstecken. Sie kann darunter beobachten, starren, schauen, gaffen, die Stirn runzeln, den täglichen Wahnsinn in der Wartehalle begutachten. All dieses Kommen, Gehen, Gucken, Rennen, Fluchen. Zug verpasst. Was jetzt? Manchmal, je nach Bewegung, steht plötzlich auf ihrem T-Shirt: *och ein Ticket?*

Seit Wochen kommt sie hierher. Jeden Tag. Die Deutsche Bahn bezahlt sie. Aber nicht für das Beobachten, das ist ihr privates Vergnügen. Ihr Job ist es, den Reisenden die neuen Fahrkartenautomaten zu erklären. Es gab eine kurze Einweisung. Zusammen mit einem ekelhaft braun gebrannten Promoter war sie in den hinteren Bereich der Schalterhalle gegangen, vorbei an den gekrümmten Rücken der Ticketverkäufer. All diese Verbindungsexperten vor ihren flimmernden Bildschirmen. »Bahncard?«, hat einer gefragt, ohne hochzuschauen. Sie liebte dieses Wort. Sie freute sich bereits darauf, es den ganzen Tag sagen zu dürfen. Vor dem Spiegel hat sie die verschiedensten Variationen geübt. Am besten gefällt ihr eine strenge, kurze Betonung, mehr gezischt als gesprochen.

Hinter einer weißen Tür wartete der Bahnhofschef mit den T-Shirts und den Caps auf sie. Neonröhren tauchten ihre Gesichter plötzlich in ein kränkliches Bürogelb. Die Chefhände kneteten den Stoff wie Teig. »Das ist eine große Sache«, raunte er. »Es geht um die Warteschlange im Schalterraum.« Ihr war sein Leberfleck am Kinn aufgefallen. Der hüpfte beim Sprechen.

»Sie muss kleiner werden«, fügte er hinzu und in Richtung Automaten gezeigt. Dann sollten sie sich umziehen. Natürlich war die Bekleidung viel zu groß. Das war sie immer. Dabei wollen die Agenturen ausschließlich Promoter mit Kleidergröße sechsunddreißig. Vor Ort gab es dann immer nur Größe vierzig. Sie wollte fragen: »Wie soll man kompetent den Weg zum Automaten erklären, wenn man schon im Textil verloren geht?« Bevor sie dazu ansetzen konnte, war ihr die Cap ins Gesicht gerutscht.

Freitag ist ihr Lieblingstag. Da hat der Wahnsinn Konjunktur. Sie ist dann oft abgelenkt von ihrer Automatenarbeit. Dann spürt sie ihre Einsamkeit nicht und kann so schön »Bahncard« zischen.

Am liebsten steht sie vor den drei Automaten in der Mitte der Halle, da kann sie wie ein Erklärfrosch für die überforderten Kunden hin und her hüpfen. »Wenn Sie hier drücken, geht es direkt zur Fahrkarte«, bemerkt sie.

»Ich drücke schon, aber da kommt nix«, sagt ein schwitzender Mann zu ihr. Er trägt eine ausgeblichene Jeans, ein kariertes Hemd und einen grauen Parka. In der Hand hält er einen Aktenkoffer, den er ihr ständig gegen die Beine rammt.

Sie rückt ihre Cap zurecht, ohne ihn dabei anzuschauen. »Sie müssen den Bildschirm länger berühren«, sagt sie.

Der Mann schnaubt. »Hören Sie mal, das ist hier doch kein Streichelzoo. Ich will jetzt 'ne Fahrkarte nach Bochum und kein Petting mit dem Automaten.«

Es fällt ihr schwer, sich auf den Mann zu konzentrieren. Schon frühmorgens versammeln sich geräuschvoll die Reisegruppen. Der Sambaexpress fährt um 8:19 Uhr. Der Kegelzug nach Kärnten um 8:43 Uhr. Männer kommen mit Mettendchen und Bierdosen. Frauen mit Prosecco und kleinen Diddl-Mäusen am Rucksack. Im Warteraum wabert Gute-Laune-Hysterie. Immer sind die Gruppen streng getrennt nach Geschlecht, so als wäre es ausgeschlossen, dass Männer und Frauen ab einem gewissen Alter zusammen Spaß haben. Das Ziel ist bei beiden gleich: Die Reise so betrunken wie möglich zu beenden. Weg vom Partner, weg von den Darlehenszinsen, weg von der überstrapazierten Sitzgarnitur. Frauen versammeln sich am liebsten vor dem Drogeriemarkt, die Männer am Tabakladen.

»Hau weg die Scheiße. Prost!«, schreit einer aus der Kegelrunde.

»Mach fettich«, grölen sich die Frauen gegenseitig zu. Dann stecken sie ihre Köpfe verschwörerisch zusammen. Es bildet sich ein Meer aus zackig geschnitten Kurzhaarsträhnchenfrisuren. Ein Sektkorken fliegt vor ihre Füße.

»Was ist jetzt mit meinem Ticket?«, will der schwitzende Mann wissen.

»Bahncard?«, zischt sie.

»Jetzt wollen Sie mir noch so 'nen Bonusmist andrehen, oder was?«

»Nein, ich will wissen, ob Sie eine haben. Es wird dann billiger«, sagt sie.

»Jetzt sag ich Ihnen aber mal was. Ich habe wahrlich schon viel gesehen in meinem Leben. Und wissen Sie, was ich dabei noch nie erlebt habe?«

»Jedenfalls nicht, wie man am Automaten eine Fahrkarte kauft.«

»Ich habe noch nie erlebt, dass etwas billiger geworden ist. Im Gegenteil! So, ich gehe jetzt an den Schalter.«

Sie atmet tief durch, schaut dem Mann hinterher und zupft ihr T-Shirt zurecht. Diesen Kunden hat sie verloren. Sie fühlt sich verloren.

Vorsichtig beobachtet sie, ob der Bahnhofschef in der Nähe ist. Ist er nicht. Das Einzige, was nah ist, ist der Sektkorken. Sie hebt ihn auf, weil sie keine Lust hat, dass irgendein hektischer Fahrgast vor ihr darauf ausrutscht. Womöglich heißt es dann auch noch, sie würde die Schlange am Schalter verringern, indem sie die Kunden einfach außer Gefecht setzt.

Sie betrachtet den Korken. Er ist aus Plastik und glitschig. Wann hat sie das letzte Mal gefeiert? Ihren Körper geschüttelt zur Musik, bis er nur noch aus Tönen bestand? Wann hatte sie das letzte Mal geküsst, um zu küssen? Sie kann sich nicht erinnern. Auf den Partys, auf denen sie gewesen war, ging es nur darum, in Smartphones zu lächeln. Spaß gab es für die Handykamera. Auf den Fotos sah es dann aus, als wäre das gerade die Mörderparty. In Wirklichkeit aber war da nichts. Sobald mal keiner fotografierte, machte sich große Verunsicherung breit. Ihre Freunde hatten irgendwie verlernt, etwas anderes aus dem Augenblick zu machen, als ihn zum Standbild zu inszenieren. Sie hatte entschieden, lieber alleine zu sein. Denn es machte letztlich keinen Unterschied.

Ein kurzes Flimmern, etwas, das sich im Hintergrund bewegt, holt sie plötzlich aus ihren Träumen. Was ist das? Sie schaut sich um, kann nichts erkennen. Alles scheint wie immer. Die Automaten, ihre Displays, die gehetzten Menschen an den Rolltreppen, nichts Ungewöhnliches. Aber, sie hat etwas gesehen, da war sie sich sicher. Etwas, das nicht in die Situation passte.

Noch immer hält sie den Sektkorken in der Hand, wie eine Trophäe.

Da war es wieder. Gerade hatte sie sich gebückt, um den Korken hinter den Automaten zu legen, da hatte sie es gesehen. Auf dem Bildschirm des Automaten war plötzlich eine winkende Hand erschienen. Nur kurz.

Sie starrt den Automaten an. Sie hört gar nicht auf zu starren. So intensiv schaut sie auf das Display, als könnte hinter den Pixeln plötzlich ein Regenschauer niedergehen. Alles sieht aus wie immer. Sie ist seltsam enttäuscht.

Schließlich dreht sie den Kopf weg, zwingt sich, nicht mehr auf diesen Bildschirm zu gaffen. Genug, denkt sie, als ein kleiner Lichtstrahl ihr rechtes Auge blendet. Sie hält inne, verunsichert und gleichzeitig begeistert. Wieder blickt sie auf das Display des mittleren Fahrkartenautomaten. Das kann nicht sein!

Seit Wochen steht sie hier und nie war irgendetwas Auffälliges passiert. Dieser Platz zwischen den drei Automaten ist ihr mit der Zeit so vertraut geworden, wie ihr Weg zu Hause vom Bett ins Bad. So viele Tage hatte sie hier allein gestanden, gesprochen, erklärt, gezeigt – eine Endlosschleife an gleichen Handlungen. Sie wusste, welcher Automat wo seine typischen Aussetzer hatte. Dass das Display des linken Automaten bei der Funktion der Zusatztickets hakte. Sie kannte den Kratzer oben links auf der Mattscheibe des mittleren Gerätes. Schon oft hatten sie Fahrgäste angesprochen, weil diese Macke den Menüpunkt der Sitzplatzreservierung überschattete. Sie wusste, wo ihre Finger welches Menü berühren mussten, um aus dem Automaten das Gewünschte herauszuholen. Sie kannte diese drei rot-weißen Schränke.

Und jetzt das.

Darauf ist sie nicht vorbereitet. Alles andere hatte sie gemeistert. Fahrgäste, Fragen, Frotzeleien. Aber das hier? Sie ist nervös, als sie wieder in Richtung Bildschirm blinzelt. Die Hand winkt wieder, dann zeigt ein Finger auf sie.

Du! steht jetzt da.

Eigentlich sollte sie gehen. Einfach weggehen, sie hat sowieso längst Feierabend. Nur noch spärlich schlängelt sich der Strudel aus Pendlern die Bahnsteigtreppen herunter. Die meisten wollen schnell nach Hause. Sie schauen nicht rechts, nicht links. Hasten die Treppen herunter, den Blick auf das Handy gerichtet, beschäftigt mit digitaler Freizeitplanung. Dass sie da steht, zwischen den Automaten, schwitzend, zweifelnd, verwirrt, das fällt niemanden auf. Was soll sie tun?

Sie starrt wieder zum Display mit dem *Du.* Sie starrt lange.

»Meinst du mich?«, fragt sie schließlich leise.

Ja, schreibt der Automat.

»Wer bist du?«, flüstert sie.

Der, den du täglich so oft berührst, steht auf dem Touchscreen.

»Magst du, wie ich ›Bahncard‹ sage?«, fragt sie.

Ja, sehr.

»Ich habe es geübt«, sagt sie.

Keiner sagt es so schön wie du, formuliert das Display. *Bitte drück mich noch einmal. Drück mich jetzt!*

Sie tritt eng heran, ihre Nase drückt sie an dem Bildschirm fast platt. Ihre Cap fällt vom Kopf. Sie fühlt sich nackt – es ist ihr egal. Wie aus dem Nichts überschwemmt sie ein warmes Gefühl, als wäre eine Badewanne voller Kakao in ihr umgekippt. Gleichzeitig klopft ihr Herz bis in den kleinen Zeh. Alles wummert wohlig. Sie verliert sich, löst sich aus den Koordinaten dieser Sekunde. Die Zeit dehnt sich, wabert, fällt in sich zusammen, endet in einer Umarmung. Sie kann nichts anderes tun, als hier zu sein. Sie will nichts anderes. Noch nie hat sie sich so gefühlt. So entrückt und fasziniert. So warm und aufgeregt. So geborgen und verstanden.

Endlich tritt sie einen Schritt zurück und lächelt glücklich das Lächeln der Angekommenen.

Die Bahnfahrerinnen und Bahnfahrer

Angela Eßer wurde in Krefeld geboren, studierte Theaterwissenschaft und war als pädagogische Mitarbeiterin bei der VHS München und am Theater tätig. Unter dem Titel ›Mordshunger‹ gibt sie mörderische Kochseminare, in denen die Ess- und Trinkvorlieben von berühmten Privatdetektiven und Kommissaren aus der Kriminalliteratur aufgedeckt werden. Sie ist Organisatorin von Krimifestivals, Initiatorin von ›Bloody Cover‹ sowie Herausgeberin von Krimi-Anthologien. Ihr Kurzkrimi *6 Uhr 23 – Guten Morgen München* aus der Anthologie *München blutrot* war für den ›Friedrich-Glauser-Preis‹ nominiert. Sie vertrat als Sprecherin viele Jahre das ›Syndikat‹, die Autorengruppe deutschsprachiger Kriminalliteratur.
www.angelaesser.de

Roger M. Fiedler wurde 1961 in Castrop-Rauxel geboren, lebte am Niederrhein, in Saarbrücken und in München, er ist ausgebildeter theoretischer Physiker. Er hat in zahlreichen Tätigkeiten gearbeitet, unter anderem dem Weinbau, als Programmierer, Bahnschaffner und als Reiseleiter für Andalusien. Er schreibt seit Längerem Kriminalromane und Krimikurzgeschichten, veröffentlichte eine kleine Reihe von Krimis mit der Figur des rotzigen Privatermittlers Gorski, erhielt einige Literaturpreise und lebt und arbeitet zurzeit im Westerwald.
www.roger-m-fiedler.de

Romy Fölck wurde 1974 in Meißen geboren und arbeitete nach ihrem Jurastudium zehn Jahre in einem großen Unternehmen. Heute lebt sie als freie Autorin in Leipzig und in der Nähe von Hamburg. Neben ihren Kriminalromanen (aktuell *Duell im Schatten*) schreibt sie Kurzgeschichten für Anthologien und Zeitschriften sowie Rezensionen im belletristischen Bereich. Romy Fölck ist Mitglied im ›Syndikat‹.

www.romyfoelck.de

Nicola Förg hat mittlerweile dreizehn Kriminalromane verfasst und an zahlreichen Anthologien mitgewirkt. Sie ist die Erfinderin des Allgäu-Krimis, *Schussfahrt* begründete den Ruf als kriminell gute Region. Zwei Krimiserien spielen im Voralpenland und an alpinen Tatorten, die der Bestseller-Autorin auch als Reise- und Skijournalistin wohlbekannt sind: Kultkommissar Weinzirl ermittelte im Allgäu und Pfaffenwinkel in acht Fällen. Die zweite Krimiserie hat für das Kommissarinnenduo Irmi Mangold und Kathi Reindl bereits zum fünften Mal knifflige Fälle parat. Tierisch geht es häufig zu, *Mordsviecher* wurde vom Tierschutzbund Bayern mit einem Tierschutzpreis ausgezeichnet. Die gebürtige Oberallgäuerin, die Germanistik und Geografie studiert hat, lebt mit Familie sowie Ponys und diversen Kaninchen und Katzen auf einem Anwesen in Prem (Oberbayern).

www.ponyhof-prem.de

Edgar Franzmann, 1948 in Krefeld geboren, lebt seit über vierzig Jahren als Journalist und Autor in Köln. Er ist Chefredakteur des Webportals www.koeln.de und Abteilungsleiter Content bei NetCologne. Zuvor war er Redakteur beim *EXPRESS* und Redaktionsleiter der Onlineangebote des Kölner Verlagshauses M. DuMont Schauberg. Seit 2009 veröffentlicht Franzmann Kriminalromane und Kurzkrimis. Er ist Sprecher des ›Syndikats‹ und Mitglied der ›International Thriller Writers‹.

www.franzmann.de

Ralph Gerstenberg, geboren 1964, studierte Literatur-, Kultur- und Theaterwissenschaft. 1998 veröffentlichte er seinen ersten Kriminalroman *Grimm und Lachmund,* auf den weitere folgten, zuletzt *Feuer im Aquarium.* Außerdem schrieb er Erzählungen, Reportagen, Hörbücher und Rundfunkfeatures. 2011 gab er die Anthologie *He shot me down. Rock 'n' Crime Stories* heraus. Ralph Gerstenberg lebt als Schriftsteller und Journalist in Berlin.

www.ralphgerstenberg.de

Nina George, geboren 1973, schreibt Romane, Krimis, Science-Thriller, Kurzgeschichten, Kolumnen. Ihr Pseudonym Anne West gehört zu den erfolgreichsten deutschsprachigen Erotika-Autorinnen. Für ihren Roman *Die Mondspielerin* wurde George mit der ›DeLiA‹ 2011, dem Literaturpreis für den besten Liebesroman des Jahres, ausgezeichnet. Mit dem Wendekrimi *Das Licht von Dahme* war George 2010 für den ›Friedrich-Glauser-Preis‹ nominiert. Sie gewann ihn 2012 mit dem in Nigeria angesiedelten Fußballkurzkrimi *Das Spiel ihres Lebens.* Nina George lebt im Hamburger Grindelviertel, dem jüdischen Quartier Hamburgs. Sie fährt am liebsten U3.

www.ninageorge.de

Peter Godazgar, Jahrgang 1967, wuchs in Hückelhoven (NRW) auf. Er hat Germanistik und Geschichte studiert, anschließend bei der Mitteldeutschen Zeitung volontiert und die Henri-Nannen-Journalistenschule in Hamburg besucht. Derzeit arbeitet er als Redakteur der Mitteldeutschen Zeitung in Halle an der Saale. Neben Krimikurzgeschichten schreibt er Liebesromane und humorvolle Kriminalromane mit dem Privatermittler Markus Waldo.

www.peter-godazgar.de

Stephan Hähnel wurde 1961 in Berlin geboren. Nach Schule, Ausbildung zum Schlosser, Wehrdienst und Studium in Eisleben arbeitete er unter anderem als Wirtschaftsingenieur, Finanzbuchhalter, Systemadministrator EDV, Unternehmer, Callcenter-Agent und Personalberater. Er schreibt Bücher und Geschichten für Anthologien. Sein Metier ist der schwarze Humor. Sein Motto: Gönnen Sie sich eine Stunde menschlichen Versagens! Er ist Mitglied im ›Syndikat‹ und im VS – ›Verband deutscher Schriftsteller‹.
www.stephan-haehnel.com

Kathrin Heinrichs wurde 1970 im Sauerland geboren und studierte in Köln Germanistik und Anglistik. Bekannt wurde sie mit ihren Sauerlandkrimis um Hauptfigur Vincent Jakobs – zuletzt erschien der achte Band *Salamitaktik*. Die Autorin und Kabarettistin hat außerdem etliche Kurzkrimis, Satiren und Theaterstücke verfasst. Sie lebt mit ihrer Familie in Menden.
www.kathrin-heinrichs.de

Michael Herzig, 1965 in Bern geboren, hat nach dem Abitur zunächst als Musikjournalist und Schallplattenverkäufer gearbeitet, sich als Rockmusiker versucht und lebt seit seinem Geschichts-, Staatsrechts- und Politologiestudium in Zürich. Seit 1998 arbeitet er im Sozialbereich und kennt dadurch auch die dunklen Seiten der Stadt bestens. 2012 erhielt er für Johanna di Napolis dritten Fall *Töte deinen Nächsten* einen mit zehntausend Franken dotierten Literaturförderpreis des Kantons Zürich für herausragende Neuerscheinungen.
www.michaelherzig.ch

Tatjana Kruse, Jahrgangsgewächs aus süddeutscher Hanglage mit Migrationshintergrund (Vater Schweizer, Mutter Friesin), lebt und arbeitet in Schwäbisch Hall (kein Synonym für eine Bausparkasse, sondern die vermutlich kleinste Metropole der Welt). Seit dem Jahr 2000 schreibt sie Kriminalromane, unter anderem die Kommissar-Seifferheld-Reihe bei Droemer Knaur.

www.tatjanakruse.de

Jutta Profijt war Exportmanagerin und Unternehmerin, bevor sie zum Schreiben kam. Pascha, die rotzfreche Leiche aus den skurrilen Krimis der *Kühlfach*-Reihe, brachte den internationalen Durchbruch, *Kühlfach 4* wurde für den ›Friedrich-Glauser-Preis‹ 2010 nominiert. Mit *Schmutzengel* und *Blogging Queen* legte sie parallel heitere Romane vor. Die Bücher der Autorin werden zurzeit ins Englische übersetzt, Verfilmungen sind in Vorbereitung. Jutta Profijt lebt als hauptberufliche Autorin in der niederrheinischen Provinz.

www.juttaprofijt.de

Niklaus Schmid, geboren 1942 in Duisburg, reiste einige Jahre durch Indien, Afrika und Südamerika, bevor er sich 1978 auf Formentera niederließ. Er schreibt Reisebücher, Hörspiele und Krimis, darunter drei Romane mit dem Privatdetektiv Elmar Mogge, die an Rhein und Ruhr und auf den Balearen spielen. Für seine Kurzgeschichte *Müntefering singt* wurde er mit dem ›Kulturpreis Hochsauerlandkreis‹ ausgezeichnet.

www.niklaus-schmid.de

Ella Theiss lebt in der Nähe von Darmstadt. Sie hat Germanistik und Sozialwissenschaften studiert, nach ihrem Volontariat mehrere Jahre als leitende Redakteurin gearbeitet. Seit der Geburt ihrer Töchter ist sie freie Journalistin und schreibt unter ihrem bürgerlichen Namen Elke Achtner-Theiss Artikel und Sachbücher zu Ernährungs- und Ökologiethemen. Seit 2007 befasst sie sich auch mit dem literarischen Schreiben. Sie debütierte mit dem Preußenkrimi *Die Spucke des Teufels,* der den zweiten Platz beim ›Gerhard-Beier-Preis‹ 2010 belegte. 2012 erschien ihr erster zeitgenössischer Krimi *Neben der Spur.*

www.ellatheiss.de

Alexandra Trudslev, geboren 1974 in Prag, wuchs zum größten Teil in der Region zwischen Rhein und Ruhr auf. Nach dem Studium arbeitete sie zunächst frei für Tageszeitungen und Onlinemedien, es folgte ein Volontariat bei der *Westdeutschen Allgemeinen Zeitung / Journalistenschule Ruhr* mit Hospitanz bei *Spiegel Online.* Als Redakteurin arbeitet sie für eine Dortmunder Agentur und schreibt zudem frei für unterschiedliche Medien. Mit der Geschichte *Drück mich jetzt!* gewann sie 2012 den ›Förderpreis Literaturpreis Ruhr‹.

**Ihre Reise ist noch nicht zu Ende und
Sie brauchen noch mehr fesselnde Lektüre?**

Gern informieren wir Sie über unser Krimiprogramm und
schicken Ihnen das Gesamtverzeichnis zu:

Grafit Verlag GmbH
Chemnitzer Straße 31
44139 Dortmund
Tel: 0231 – 72 14 650
Fax: 0231 – 72 16 677
E-Mail: info@grafit.de

Oder finden Sie uns im Netz: www.grafit.de